U0165226

老物件里的旧时光

曹文生——著

张馨蕊——绘

中国言实出版社

图书在版编目(CIP)数据

老物件里的旧时光 / 曹文生著;张馨蕊绘. -- 北京:中国言实出版社,2024.4
ISBN 978-7-5171-4808-1

Ⅰ.①老… Ⅱ.①曹… ②张… Ⅲ.①散文集—中国—当代 Ⅳ.①I267

中国国家版本馆CIP数据核字(2024)第080442号

老物件里的旧时光

责任编辑:王建玲
责任校对:张天杨

出版发行 中国言实出版社
　　地　址:北京市朝阳区北苑路180号加利大厦5号楼105室
　　邮　编:100101
　　编辑部:北京市海淀区花园北路35号院9号楼302室
　　邮　编:100083
　　电　话:010-64924853(总编室) 010-64924716(发行部)
　　网　址:www.zgyscbs.cn 电子邮箱:zgyscbs@263.net

经　　销 新华书店
印　　刷 徐州绪权印刷有限公司
版　　次 2024年6月第1版 2024年6月第1次印刷
规　　格 880毫米×1230毫米 1/32 10.125印张
字　　数 192千字

定　　价 59.80元
书　　号 ISBN 978-7-5171-4808-1

曹文生　　1982年生于河南杞县，现居陕西洛川，延安市中学教师。曾在《作品》《延河》《文学报》《人民日报》《光明日报》等报刊发表散文和随笔多篇。出版散文集《果蔬园里种光阴》《绝版的乡愁》《光阴的渡口》等。荣获第二届巴山夜雨诗歌大赛一等奖，第十一届"岱山杯"全国海洋文学大赛三等级等。

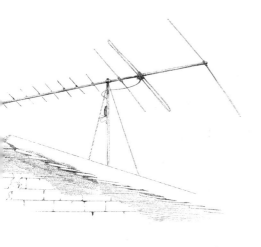

目 录

高高在上的天线

乡村一直活在心里。

我最认可的镜像：土黄色的院墙内，一根高高在上的天线，俯视着人间。

后来，院墙变了颜色，黄土堆砌的院墙不见了，变成蓝砖，再后来，变成红砖。院墙坚固了，可是那一根高高在上的天线，还是老样子，俯视着八十年代的乡村。

那时候，家里贫穷，每次看见谁家院子里矗立着一根天线，总是情不自禁地数上面的铝管，似乎铝管越多，电视画面越清晰。

时常看见无数的小脑袋，挤在人家大门外，从门缝里看人家院子里有没有人。有人时，就会敲开人家大门，去蹭一下电视。

天空辽阔，显得天线渺小了不少。

一种静谧的孤独，待在高处。可是，村里人都知道，屋子里的另一种欢快，与这个冷漠的家伙有关，它被风吹动了一下，电视就出现大片的雪花，似乎这个冬天的雪落在电视的荧屏上。

一屋子的人，顿时骚动起来，性子急的，风一般冲出屋子，着急忙慌地转动着捆绑天线的木杆子，双手抱紧它，像抱紧一个宝物，屋内的人异口同声地说：转，再转，好，好了。这时候，屋外人的动作会随着众人的喊停声戛然而止。

有些人家条件好一点，盖的是平房，就把天线安在平房顶上，是那种老式的平房，不带楼梯，是木头钉的梯子，为了看电视，常有一个人，爬上爬下，甚是开心。赶上下雨天，有人拿着伞，爬梯子，一不小心，摔了一跤，血染红了脸。

天线一直是童年时光中最闪亮的部分。村庄无娱乐，天黑后，除了躺在床上看星星，或许只有睡觉了，天线与电视开启了一个人关于乡村的娱乐生活，它打发过多少无聊的黑夜，人们早就忘了，唯一能记住的，就是某一个漆黑的深夜，跌了一跤。脸上留下的记号，见证了一个人童年的全部。

多少年过去了，谁会记住一个人灰头土脸狼狈的模样，只剩下一个院子，空闲着，院子里的人，去了广州，在那里买了房，再也不回来了，天线也被风吹得只剩下一根主干了，剩下的，散架了，像这个院子一样。

与天线对应的，是袅袅升起的炊烟。

炊烟，软软的，软成了充实温馨的生活；天线，硬硬的，硬成了黑夜中那些回不去的时光。

每一个院子，都有一根天线的故事。

那时候，屋子里，有些人坐在板凳上，有些人蹲在地上，

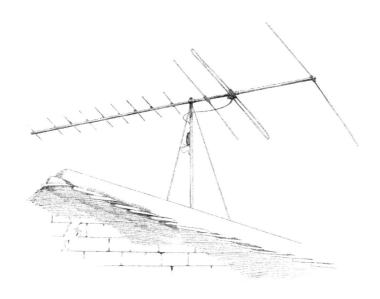

有些人干脆坐在地上。姿态迥异，可是哈哈大笑的声音，穿透了安静的夜晚。

每一根天线对应着的，是一个人的童年，是一个乡村所有快乐的夜晚。

记忆彼岸的深刻，只在一个人的夜晚。

村庄被幸福滋味垫高了，平房与瓦房，都不见了，那些老物件，也被风吹得不见了，和它一起不见的，是那个笑盈盈的老人，无论何时去他家看电视，他都毫无厌恶的神色。

他也是乡村最后一根天线的坚守者，村庄第一根天线到最后一根天线，都在他家院子里。

他不是买不起好电视，他说，儿女都进城了，换电视干吗，浪费钱。他就这样迁就着，直到他去世的时候，看的还是黑白电视，用的还是那一根天线。

　　每次经过他家院子，我都会看一眼那根天线，高高在上，像乡村一个古老的传说，孤独于高处。它散架的时候，他家的房子也轰然倒塌，或许，故事的开头与结尾，都是一种软软的质感。一个人的夜晚，一定有一根天线，在黑夜里，我们看不见它，它却从未缺席。

念念不忘的糖水摊

记忆里，没有糖水的童年是缺少灵魂的。

乡村烟火味，在于它打动人的细节，一个人，可以忘了自己从哪个村子来，却不能忘了童年记忆里那些滚烫的旧事。

小镇的中心，热闹红火处，总有几个卖烧饼的，卖甘蔗的，卖毛桃的，可是它们似乎都是配角，主角是那个糖水摊。桌子上，排放着那种糖水机子，上面是一个塑料的大容器，下面是一个开关，旋转一下就有饮料流下来，凉开水加上不同的色素，让糖水呈现出不同的颜色，20 世纪 70 年代，糖水颜色是乡村烟火里最美的期待，色调好了，糖精一加，甜翻了一个时代。

这是一个时代的缩影。

无论走过多少路，走过多少地方，我们都能看到一种图像：一个老人，一把蒲扇，一把竹椅子，一条白毛巾，一张木桌子，桌子上一字排开几个杯子，是上海玻璃厂出品的那种，杯子上面是杏花，下面写着两个汉字：幸福。或许，幸福生活从品味一杯糖水开始。一字排开的糖水，红红绿绿，极具诱惑

性，让每一个路过的人都艳羡不已。

那一年，我与爷爷去小镇，馋了糖水摊的糖精水，缠着他去糖水摊，爷爷拗不过，就带我去了，爷爷坐在那条木质的矮凳上，一边喝茶水，一边和摊主拉呱。

话很投机，他们两个人，像故人，可实际上，他们才认识不到两分钟，他们从天气聊到庄稼，从收成谈到光景，从儿女谈到彼此村子里的亲戚，乡村的人情，浓缩在一个凉棚里，一杯糖精水，其实是乡村一种幸福的生活。

我不管这些，只是贪婪地喝着糖精水。

正喝水，远处风尘仆仆走来三个人。夫妻两人带一个女儿，女儿长得很漂亮，头发扎着马尾辫。他们坐在糖水摊前，要了三杯糖水，女儿饿了，给女儿要了一根麻花。他们慢慢地品，女儿慢慢地吃，他们吃饭的方式与那个时代如此契合，那个时代日子慢，就连这摊前的时间，也慢成了一种往事。

他们要赶路去另外一个镇，实在渴得不行了。这男人是个乡镇干部，身穿中山装，兜里插一支笔，女人上身穿着的确良白衬衣，下身是一条黑裤子，他们坐在凉棚里，边拉呱边喝水，汗流个不停。

或许，在摊主的眼里，这样的场景太多了，可是对我来说，有着别样的感觉。这样的赶路对我而言，更像是一种诱惑，我渴望像他们一样，走出这个小镇。

赶路人走了，爷爷依旧和摊主拉呱，他说有些赶路人忘了带钱，他也会给一杯糖精水，只要坐在他的摊上，都是客人。他还说，钱不钱不重要，在乡下，无论去谁家，谁不倒一杯茶水呢？

糖水摊，不仅是一个生意场，更是一个人情场。坐在这里，可以交换信息，开阔着我们的视野，这是小镇最早的信息流通站，或许，乡村商店最早的雏形，可能就是这个模样，简陋而不乏真情。

我喜欢糖水摊，它是一种符号，一种与 70 年代相契合的生活记忆。这么多年过去了，无论在任何时候，只要在视频或者书上，看见一张关于糖水摊的老照片，记忆一下子就被拉入那个年代。

一个人，似乎就坐在糖水摊前，听老人们拉着闲话，自己安静地坐着，微笑着。

电视机，熬走了多少人的日子

一个黑匣子，装下祖国大好河山。

谁也想不到，这个黑匣子里会出现那么多的人，爱恨情仇，全浓缩在这个屏幕里。

村庄的美好，始于第一台电视机，自从有了它，村庄的生活方式就改变了，再也不是那种天黑就上床睡觉，睡醒就睁着眼看星星的时代了。有了它，村庄的夜晚，越来越觉得短了，每一户人家安静下来的时间，似乎都在十点以后了，村里的每一扇门，再也不会天黑就关上了。

20世纪70年代的乡村，谁家买个电视机，是轰动一个村庄的事情，好像这个电视机不属于他家，而是属于这个村庄。庄户人家买个电视机，是一件挺了不起的事情，脸上一下子就有了光彩，庄户人家的面子，也有了，许多人省吃俭用，就为了抱一台电视机回来。

谁家买了电视机，风一样传遍了村庄。

盛夏的晚上，院子里准有很多人围在电视机的前面，一边谈论着，一边目不转睛地看着电视剧，有些人，一泡尿要憋一集，直到这一集演完了，这个人就不见了，不知道跑到那个角落就地方便了，回来，蹲在原处，仍目不转睛地盯着电视看。这是一个乡村少年的夜晚。

村庄有一些知识分子，知道的事多，在看电视剧的过程中，前三皇后五帝，一个接一个地讲给我们，或许，关于历史的启蒙，是在乡村的夜晚，不是在课本上。

一个人，不但知道了电视剧情，顺便也知道了历史，这是乡村少年最怀念的时刻。

刚开始，村庄的电视机只有一台，那时候，他家就是乡村的电影院，一村庄的人，坐在他家的院子里，看得津津有味，似乎人与人形成了默契，吃完饭，主家就打开门，一些人陆陆续续就来了，到了他家，顺便拉一个凳子坐下，一个属于乡村的电视夜晚就拉开了帷幕。

到了 80 年代，乡村的电视机就多了起来，一条街，会有那么五六家，这个时候，可选择的地方就多了，再也不会看见人家关门就闷闷不乐地回家了。

那个时代，村庄的电视机品牌单一，譬如飞跃、金星、牡丹、福日、北京。我家电视买得不早不晚，一条街有十来台了，父亲看我整天不着家，一咬牙，买了一台凯歌牌电视机。自从电视机买回来，天黑以后，我再也没有出过门，吃完饭就上床了，身子靠在墙上，被子盖住身子，从《新闻联播》开始，一直看到雪花漫天，才恋恋不舍地睡去。

　　那个时候，男人和女人喜欢的是不一样的，女人喜欢看《渴望》《星星知我心》《女人不是月亮》《篱笆·女人和狗》，男人则喜欢看《射雕英雄传》《康德第一保镖传奇》《霍元甲》《三侠五义》。

　　第二天，人们见了面，女人聊女人的话题，男人聊男人的话题。自从有了电视机，似乎人和人之间的关系也和睦了，可说的话也多了，他们在地里拔草，隔着田埂，竟然聊起来昨晚的电视剧情。我们这些孩子，在一旁静静地听，也时不时插上几句。乡村的话题，有一半功劳是属于电视剧的。

　　乡村，夜晚那么安静，许多人门也不出了，就猫在家里看电视剧。

后来，改革开放的春风吹醒了乡村，村里人开始出去打工，乡村也空了。

一个村庄，刚开始可能走了十来户人家，等一两年之后，这些人，又会带走他的叔伯兄弟，村庄的人更少了。

电视机，似乎也少了吸引力，只剩下一些孩子看那些叽叽喳喳的搞笑节目。上了年纪的人，觉得那些节目太闹腾，他们想的是如何挣钱，心再也静不下来去看一个节目了。

或许，一个村庄的改变始于电视机，电视机让他们开了眼界，他们去了更远的地方，见识了更大的舞台。

如今，村庄再也没有一台黑白电视机了，取而代之的，是一台台荧屏更大的彩电。

或许，我们的记忆里没有色彩，只有一台台带着雪花的黑白电视机，那时候，我们的快乐，至今无人懂。

糖精，甜了那一年的盛夏

　　生活中需要加点糖。这句略带心灵鸡汤的话，不仅仅是理想中的幸福生活，更是一个缺吃少穿的时代众人期许的愿望。

　　童年趣事里，少不了甜的食物，月饼、大白兔奶糖，都是童年中最难忘记的食物。在中原，一个人的夏天，可以没有雪糕，可以没有光着身子游泳，但是不能没有糖精水。

　　糖精，在生活中极少用它，也知道它满身的化学属性，属于科技与狠活的行列，可是人们就是无法忘记它的甜，或许，每一个孩子的童年，都享受过糖精的味道。

　　凉开水，那是讲究人家的孩子带的。乡下娃，体质好，能经受住摔打，从小喝习惯了凉井水，从井里压出来的水，直接就喝了，即使这样，也不见谁家孩子生病，凉井水，是少年时代的必需品。

　　上学之前，用父亲喝过酒的瓶子，洗刷几遍，直到没了酒味，就装一瓶水去了学校，课间耍疯了，就咕咚咕咚几大口，这水下肚后，那种惬意只有当事人才懂。

　　乡下的小路上，总有这样的影子，一个个少年，带着一个个形状各异的瓶子，有说有笑地走向那个乡村小学。

也不知道是谁带头在凉井水里加了糖精，一个孩子喝了，乖乖，真甜啊！世界上还有这么甜的水，喝过糖精水的孩子，开始念念不忘了。从第一个孩子加糖精开始，一个孩子接着一个孩子模仿，这个学校开始流行凉井水加糖精了，酒瓶上面的盖子，有塑料的，有铁的，在上面用尖锐的器物扎一个眼，把那种细细的吸管插进去，一个乡下孩子的幸福生活开始了。

课堂上，老师在讲台上讲，我们趴在桌子上，用书挡住脸，然后偷偷地把吸管放进嘴里，偷着喝糖精水。水喝完了，就跑到学校附近的农家再去接一瓶，感觉上次喝得不够甜，就偷偷多加了两粒糖精，本以为这次会更甜，哪知道一口下去，吐得满地都是，真苦啊！

赶紧把半瓶糖精水倒进小伙伴的空瓶里，两个人一人一半，然后再重新加满水，喝一口，感觉很甜，从此，生活教会我一个

道理：那就是做什么事都要有个度。上学后，我才知晓有个词与它相匹配，叫过犹不及，这是糖精教给我的人生哲学。无论走过多少条路，蹚过多少条河流，心里都藏着儿时的生活教育。

记得有一次，语文老师正在讲课，突然想抽烟，错把一支粉笔当成烟，点了几下没点着。我正在座位上偷喝糖精水，突然一下就笑喷了，嘴里的水喷了半个教室，放学后，我被老师留在教室里，靠着墙根站了一下午。

这是糖精水带给我的忧伤。那天，说实话，我再也感觉不到它的甜了，我能感受到的只有恐慌，怕老师的戒尺，怕老师把我的丑事告诉我的父母。

童年趣事里，一定有无数的孩子，记住了自己童年的模样。坐在教室里，把课本举得很高，只为挡住教师的眼睛，让自己偷吸一口糖精水。说实话，一些欲望的产生，会伴随着一些所谓的邪念。为了能买得起糖精，我甚至从鸡窝里偷过鸡蛋，奶奶家的鸡窝，我家的鸡窝，都被我偷过。把鸡蛋往兜里一装，飞也似的跑了，到了代销点，偷偷摸摸拿出鸡蛋，换了糖精、酸梅粉和辣条，或许，主要目的是得到糖精，酸梅粉和辣条是个添头，哪承想，这一吃，欲望的世界就更重了，一个人的童年里，到处飘满欲望的气息。

后来，我再也没有喝过糖精水。

一个人的童年并没有随着它的消逝而不见，相反，却深深地印在我的脑海里。

收音机，陪伴我的朋友

一个小小的匣子，能讲故事，能唱歌，这是让乡村少年惊奇的事情。

我真正拥有一台收音机，是在一个盛夏的下午。我带着沾满汗水的钱，站在小镇门市的柜台前，颤巍巍地递上纸币。而后，一双雪白肥嫩的手，递给我一个纸箱子，里面装着一台收音机。我接到收音机的时候，内心激动极了。

为了这一台收音机，整个暑假，我都在割一种叫泽漆的草。那是一种中药，毒性大，它的白汁溅到我的眼睛里，我的眼睛红肿了几天，但我从未后悔过。

用一院子堆砌的泽漆，加上存下的压岁钱，我换来了一台收音机。

当我拥有一台收音机的时候，我觉得我在家的地位瞬间高了，父母和姐姐都要看我的脸色了，不然我就不让他们听收音机，我一个人听。

一个少年如何春风得意，在关于收音机的往事里。往事如烟，可是记忆未散。

放学回来，第一件事，就是去放羊。我把羊带到草多的地方，绳子放得长长的，一个人，躺在草地上，听单田芳的《童林传》《白眉大侠》，听刘兰芳的《杨家将》《岳飞传》。评书的魅力，在于结尾，总给人一种欲罢不能的感觉，在生死攸关的地方，留下一个伏笔。

直到现在，我都无法丢掉一个人在夜晚听听评书的习惯，只要躺下去，就想听一听它。

那时，家里种了一片果园，父亲要在家看羊、牛，看苹果的活儿，自然就交给了我。

说实话，我一个人躺在苹果园里，风刮过，声声入耳，看着苹果树的枝条影影绰绰，甚是害怕，这个时候，我就打开收音机，把音量开到最大，似乎告诉别人，这里有人。用这种方式给自己壮胆，听着听着，人就睡去了，自然也就不怕了。

收音机，让一个少年的夜晚，那么精彩。

中午，收音机里有《天天点播》的节目，可以为自己的亲人和喜欢的女孩点歌。记得有一次，我为自己喜欢的一个女孩点了歌，那是我人生第一次这样对待一个异性，我觉得我勇敢极了。

临放学时，我偷偷告诉她，今天中午听听《天天点播》这个节目。第二天，她看见我，脸红了。我们之间懵懂的爱情，也有了羞涩的模样，但随着中学毕业，我们再无联系。

一个人的爱情，顺着收音机抵达另一个人的心里，留下美好的痕迹。或许，这一生，我俩再无交集，可那时候，觉得那么幸福。

那个收音机，也不见了。

可是，关于它给予我的故事，一直都在。无论走到何处，一个少年与收音机的夜晚，还在；一个少年懵懂的爱情，还在。

为时代发声的录音机

童年趣事里，一定有录音机的影子。

在乡村，日子过得怎么样，进堂屋看一圈基本就知道了。有些人家，中堂的墙上是一幅松鹤图，两边是对联，靠墙是一条长桌几，上面摆满钟表、录音机、电视机。这样的人家，在村里属于生活富裕的。

录音机，曾经也是乡村重视的家电。

我小时候，家里有一件双卡录音机，把磁带放进去，一按按钮，《爱江山更爱美人》《潇洒走一回》的旋律就从录音机里飘出来，然后飘到院子里，落在大街上，顺着歌声，一个人家的光景就被走路的人记住了。在那个年代，家里光景过得怎么样，全在电器里。

父亲从睢县抱回这个录音机，打开后，那种星星一样闪烁的光落在墙上、落在地上，那种五颜六色的光在屋内旋转，或许，一个人关于录音机的记忆这么美好，始于那种多彩的光。一个人站在录音机前，跟着旋律唱了起来，这种忘乎所以的样子，注定会被光阴记住的。这台双卡录音机，还有一个功能，插上话筒，可以跟着录音机的旋律唱歌，这是乡村最早的卡拉OK。

有了录音机，我的一天就快乐了起来。

中午放学之后，录音机也会引发我家的矛盾，姐姐想听《常回家看看》，我想听《晚秋》，有时候为了听什么达不成统一意见，互不相让，最后谁都没办法听。我听《晚秋》，姐姐就把录音机关了，姐姐听《常回家看看》，我就把录音机关了，后来，为了能够实现自己的目的，我偷偷给姐姐买了一包辣条，就霸占了一个中午的时光。

听着录音机，感觉时间过得真快，抬头看表，快要上课了，书包一挎，鸟一样飞出家门，一溜烟似的奔向学校。我们上学之后，这录音机就少了争夺者，母亲打开它，开始听豫剧《朝阳沟》，从头到尾，一遍一遍地播放，母亲听了几十遍了，竟然听不够。

我们上学之后，录音机就属于母亲了。

特别是到了秋天，豫东平原上的棉花如同白云一样，那种白，覆盖了平原，母亲摘棉花的时候，为了让时间过得快一些，她带着录音机，一边干活，一边听戏曲，什么《大祭桩》《七品芝麻官》《秦雪梅吊孝》《穆桂英挂帅》《抬花轿》，悲伤的欢喜的，一概喜欢。

放学后，我去帮母亲摘棉花，和她一起听豫剧。一个人，沉溺在河南豫剧里这么多年，无论走多远，只要在别处听到豫剧，就莫名地兴奋和欢喜。

到了周末，趁家里没人，也偷偷地唱一段戏，偷偷地唱一首歌，把它们录下来，偷偷地播放一遍，突然觉得自己是个歌星了，自己的声音在录音机里不停地播放着，一个人的自豪，在那个时间段膨胀到了极点。

谁能想到，曾夜夜入梦的录音机，消逝的速度比流星都快，几年之间，录音机就无人问津了。它趴在桌子上，像一个被冷落的妃子，曾经的它也被宠幸过啊，可现在呢？它灰头土脸的样子，实在让人生怜！

每次看到一台录音机，都感觉到了一种忧伤，到底忧伤什么，我自己也说不清楚。

连环画，我的启蒙老师

童年的文学素养，始于连环画。

在乡村，连环画也有通俗一点的叫法：小人书。或许，这种叫法指向较为明显，是为小孩准备的。这里的小人，不涉及品格，只指年龄，一种书，只为小孩而存在。

孩子理解力弱，不喜欢啃那种大部头的书，只有小人书符合他们的需求，图画生动，文字简洁，故事推进比较快。或许，画吸引他们在先，即使不认识字，孩童也能从图画中推测出里面的故事。乡下的连环画里，藏着一个孩子童年的光阴。

那些年，下午放学回来，看见门上一把锁，知道父母下地干农活去了，就将书包从门下面的缝隙处塞进去，也有一些孩子，将书包隔着院墙扔到院子里。

几个孩子，蹲在墙角，身子靠着墙，不自觉围在一起，一起翻阅着小人书，刚开始其乐融融，到了后面，不知为何就起了争端，两个人抱在一起，在街道打起滚来，一会儿你把我压在身下，再过一会儿我把你压在身下，最后打累了，拍拍身上的土，坐在地上相视一笑，又开始围在一起看小人书。

那个时候，每群孩子都有一个孩子王，带领他们一起玩游戏、看小人书。记得那个叫红的少年，是我们的孩子王，他常常让我们把小人书交给他，替我们保管着。所有的小人书都放在他家的一口大缸里，每天拿一本来看，也算少年时代的资源共享，可谁知道，我们的哭声，也是从一个下午开始的。那天下午放学后，我们不约而同地去他家的缸里拿小人书，可是揭开缸盖，发现缸里空荡荡的，一本小人书也不见了，红一边哭着一边问他爷爷，他爷爷说把小人书拿到镇上当垃圾卖了。

小人书被卖，无疑是一个晴天霹雳，少年努力攒钱买来的小人书全部聚在这里，那个下午，我们蹲在墙脚，偷偷流泪。从此以后，我们与那个叫红的少年有了裂痕，再也不和他一起玩了。那个小院，我们再也没有去过。后来，我们努力攒钱，买了更多的小人书，可是那些小人书又去了哪里，谁也不知道，或许它散在童年的光阴里，或许它被当成柴火烧了。

我清晰地记得那些日子，我和父亲一起去镇上卖棉花，父亲把辕，我在一侧拉一根绳子，到了镇上，父亲和我累得大汗淋漓。那次棉花价格高，卖的钱多一些，父亲带我美美地吃了一碗羊肉烩面，买了烧饼，称了半斤牛肉给母亲和姐姐带回家。路过小人书摊的时候，我站在那里久久不愿离去。父亲知道我的心思，给我买了三本小人书。我记得很清楚，一本是《岳飞传》，一本是《杨家将》，另一本是《霍元甲》，或许，我真正拥

有属于自己小人书的岁月，是从它们开始的。

暑假的夜晚，我拿一个手电筒，跑遍整个村庄去捉知了猴，把它们卖了钱，就去买小人书。小人书带给我的不是一个痛楚的童年，而是一个有了欲望的童年。我有了属于自己的财产，自然就会努力守护它。有时候，别的小朋友来借我的小人书，我们提前约定好什么时间归还，等到那一天，天刚刚亮，我就敲开人家的大门要小人书，现在想想，那时的我很可笑。

童年的自私，也是一种乐趣。

有时候，我也和别人交换着看，一本换一本，商量着周五再换回来，那一天到了，再接着交换下一本小人书。童年的读书史，其实就是看小人书的光阴书。

感谢那些年滚烫的灯火，一个人坐在板凳上津津有味地读小人书，或许，一个人的夜晚，如此简单，只有月光、灯光和一个人安宁的时光。

杂志，夜晚的温度

20 世纪 80 年代，每一个乡村的集市上都有一个书摊。书摊老板，一般是那些上了年纪的人，一头白发，在阳光下那么明显。

书摊上，摆满了各种盗版的小说，金庸的、古龙的、温瑞安的、梁羽生的，也有一些文学名著，它们躺在武侠小说的一侧，像点缀在书中的绿叶，但它们的面前，人很少。在乡下，读书人不多，能有多少人喜欢读这些文笔曲折的名著呢？他们喜欢那些通俗易懂的书，你看，那些时尚杂志面前人海如潮。

杂志，是乡下人的最爱，特别是那种耳熟能详的杂志，更受人喜爱，譬如《知音》《读者》《读者文摘》《武林》，卖得最火的是《大众电影》。许多人对《大众电影》的喜欢，除了电影内容以及电影背后的故事，更在意封面上的男女明星。

那个年代，无数刊物的封面都是手绘的，有些刊物封面还是名家画的，这样的手绘图画，提高了刊物的知名度。

改革开放之前的杂志，封面都是规规矩矩，一本正经的，

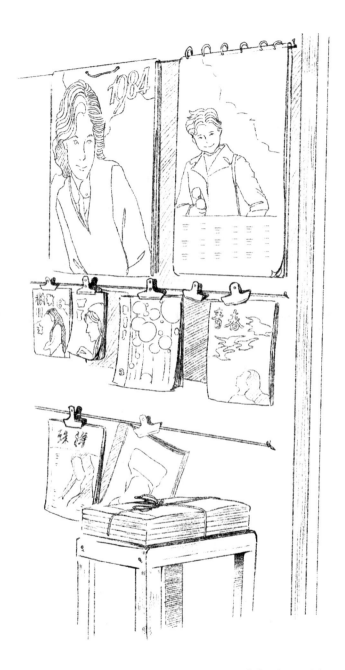

上面不是山山水水，就是花花草草，要不就是工笔画美人。

改革的春风，最先在杂志上刮起来了。

文章内容变得通俗，封面也与时代更为紧密了。譬如《大众电影》，封面上的演员，头发是最时兴的发型，嘴唇也涂了口红，衣服也一改朴素的样式，开始变得时髦起来。

此后，《大众电影》销量直线飙升，很多青年买这本杂志，就是为了看看封面上的女明星、男明星，读读关于他们的故事。或许，这就是那个时代的追星吧。

夜晚，这本书让多少青年难以入眠、辗转反侧，他们的青春与《大众电影》一起被夜晚记录着。那些年，每一期的大众电影明星，都让无数青年男女为之动容，这是一本杂志的魅力所在。那个时代，许多青年看了明星的照片以后，心头燃起的火焰再也无法熄灭，或许，这把思想解放的火，一直延续到现在。

杂志，渗透着一个时代的思想。

我们曾经也是传统的人，杂志，改变了我们，让我们从一个古板纯真的青年变得成熟起来，我们与杂志一起见证着这个时代任何一种细微的变化。

初中时，一到下课时间，我们就飞鸟一般跑到学校书店里，翻阅那些勾人心魂的杂志。

学校书店允许学生租书看，一次五毛钱，我的初中时间，全部落在《知音》《读者》《家庭》里，我用一本本杂志打发着我的时间，消遣着我的初中时光。

　　一个人的身上，有诸多关于一个时代的影子；每一个人的夜晚，都有一本杂志；每一本杂志里，都有一个人的故事。

那些年寄出去的信

　　乡村的写信史，就是一个人的精神秘史。

　　这么多年，我一直这样认为，可是在缺少文化人的乡村，写信也从私密变成一种公开的事情。

　　从我记事起，村里那些有学问的老先生就承包了免费代村

人写信的任务，村人说着，他写着，内容细碎到家里种几垄葱，村里的谁又去世了，老先生写得极为认真，或许，这是每一个乡村最为原始真实的样子。

写信，多会选择夜晚，一盏油灯，一个人说，一个人写。写信的内容，写信人完全知晓，亲戚来了信，也是让写信人代读。村里读书人不多，这位有学问的老先生，算得上村里的公众人物。

遇见婚丧嫁娶，几乎所有写对联的、记礼谱的活儿，都是老先生的，他在村里被人尊敬着。

九年义务教育普及后，识字的人越来越多，书信渐渐变为一种私密的事，一些私密话题，全在书信里，只有书信两端的人知晓。

为了生计，许多人离开了村庄，可是他们的心里却放不下它，一个月写一次信，问问家里的亲人是否安康，问问村里的庄稼是否长得茂盛。一个人，通过书信与某一个遥远的村庄正发生着一种联系。

那时，《知音》中间的空白处，总有一些交笔友的信息，上面的名字都是萱萱、媛媛、莉莉这样的笔名，我试着写信，按照上面的地址投了一封出去，谁承想，两周后居然回信了，那个女孩是河南人，在西藏林芝读书。她给我邮寄她的照片，头发短短的，脸圆圆的，酒窝很深。

每个月，我都跑到镇上的邮政所把信投进信箱，然后等待着女孩的回信。

到了暑假，看见邮政所的工作人员给村干部送报纸，我就眼巴巴地等待着她的回信，看他向我扬了扬手里的信，心里的那一块石头才算落了地，一边说着感谢的话，一边急不可耐地打开信，或许，懵懂的青春，就是这副模样吧，一个人把所有的爱情都给了邮政所。

在我的影响下，班上的很多同学都交了笔友，有开封市区的，有四川的，有江苏的，有广东的，有山东的，也有新疆的，每个人都给自己起一个很个性的名字。

当然，我也有笔名，记得我的第一个笔名叫爱你多一点。一个不知道什么叫爱的年龄，居然想把爱填充在文字里，这是一个人的孤独，或许说一颗骚动的心无处安放，需要在书信中抵达更远的地方去寻找另一颗不安的灵魂。

写信，成了我高中时代最为重要的事情。

一个人，执着于某一件事情，就一定会把这件事情做好。到了高三，我们都安于学习，彼此就断了联系，或许留给一个人的是一沓厚厚的书信，记录着一个人的青春。

这次回家，看见高中三年堆积的书信，想一把火烧了，可是又不舍得，那是一个少年在灯光下，一笔笔写出来的青春与骚动啊！

一个人的录像厅

20 世纪 80 年代的录像厅，一直是一代人无法回避的去处，一个人如果没有去过录像厅，他的青春似乎就少了点什么。

那个时候，录像厅在我的心里就是一个神秘的世界。它那么安静，却带着无限的神奇，屏幕上怎么就多了花鸟，多了人物，多了那么多精彩的武打动作。一个人关于录像厅的思考，一直伴随着我的童年时代。

说实话，录像厅一直都是一个令我无限向往的地方。

我是一个听话的孩子，平时规规矩矩地待在学校里，努力学习，可是同学之间一直流传着录像厅的故事。

录像厅像一个诱惑人的笼子，我们想钻进去，可是又不敢，怕被大人知道，于是整个中学时代我们一直都活在无限向往又刻意保持距离之间。

我所有的防线，是在那一天下午打破的。

那天，我们一起去村南头的河边放牛，村里的小伙伴建国就给我们讲录像厅的故事，说录像厅里放的影片多么曲折，说里面多么安静，坐在里面看故事多么舒服。

　　听过后，我们几个小伙伴心里再也安静不下来了，我们商量着周末一起去镇上的录像厅体会一次，也去感受一下录像厅里的世界。

　　到了周末，我们打着去镇上买学习资料的幌子，跟父母要了钱，来到录像厅的门口。门口的宣传栏上是《精武门》，陈真侧身踢出一脚，那个动作帅呆了，我们心里的火再也按捺不住了，一头钻进录像厅。

　　里面黑乎乎的，只剩下屏幕上的故事播放着，说实话，里面的味道并不好闻，爆米花的味道，包子的味道，还有人身上的酸臭味，女人的香水味，诸多味道混在一起，也说不出什么味道了，刚开始觉得反胃，可是一进入故事，什么都忘了，我们直勾勾地盯着荧屏，里面的故事把我们带入另一个世界。

有了第一次，就会有第二次，一到周末我们就编各种理由去录像厅。我所欢喜的少年时光，是在这里看看古惑仔的《猛龙过江》，看看周润发的《上海滩》，一个人，回到村庄，讲给那些没去过录像厅的小伙伴听，他们围成一圈，此刻，我们几个坐在他们的中间，像个高傲的帝王，那种景象至今难忘。

次数多了，父母就起了疑心，或许是我们跟父母要钱时不自信躲闪的眼神，让父母觉得可疑，我们进入录像厅的事情终于被发现了，迎接我们的是一顿毒打，从此之后，再也不敢去了，录像厅成了我们的伤心往事。

后来，随着 VCD 的出现，录像厅再也没有以前的辉煌了。

但是，每一个人心里都隐藏着一段关于它的历史，那里有可以言说或者不可言说的秘密，无论是朋友、情侣，都秘而不宣。

爆米花的味道

在乡村，爆米花是乡村的暴力美学。

一个人，站在乡村的空地上，一只脚用力踏下去，只听见砰的一声响，一片浓烟之后，清香扑鼻而来。

这一声响声算是一种报道，似乎在告诉村庄的每一个人：炸玉米花的人来了。每次听到这一声沉闷的响声，我都着急忙慌地走出大门，手里拿一个袋子，袋子装半瓢玉米或者是半瓢米。瓢，是乡村的丈量工具，一个葫芦晒干，锯成两半，挖出里面的葫芦籽，就成了瓢。乡下人用它舀面、舀玉米、舀麦子，乡村是离不开瓢的，它舀着村庄的人情世故。

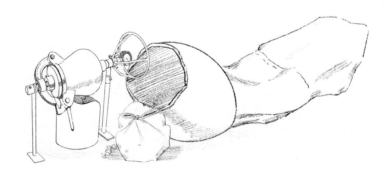

一个人走得那么快，手里护着衣兜，兜里装着母亲给的五毛钱。

爆米花炸响的地方，在村里开阔处，是村人晒麦子晒棉花的最佳去处。它靠着街道，原先是一个打麦场，后来废弃了，就成了一大片空地。爆米花的机子就安在这里，周围围满了人，大人、小孩都有，他们一边聊天，一边看爆玉米花的人不停地拉着风箱，没走出过村庄的人，对此觉得新鲜极了。

这个人的爆米花机子，黑黝黝的，一看就陪伴他走过不少的路，或许已经陪他走过大半个中国，上面那种黝黑的光泽，是属于它的荣光，只有他知晓爆米花机子的秉性，什么时候该上油，什么时候该维修了。

爆米花机子最前面是一个表，我们都认为是看时间的，可是有一个人笃定地说那人看的是压力，压力够了，砰的一声，玉米就开花了。世界上最美的花朵，就是爆米花。

一个风箱不大，一推一拉，呼呼生风，木质的，一角已经腐朽，像一个经历沧桑的老人，坐在大地上。它呼出的每股气息，都像对我们说出亲切的话语，那年去了南方，爆了一冬天的爆米花，那一年出了山海关，或许，风箱用另一种方式与我们交谈着。

一个炉子特别简陋，中间凹下去，通身圆圆的，里面炭火通明，每一次拉动风箱，都会加剧它嗜火的本性，它吐着火芯子，把火焰燃烧成一种光阴。

我们渴望着、盼望着、等待着，看那个手艺人悠闲地拉着风箱，似乎在享受一种艺术。

　　看见他停止拉动风箱站了起来，我们知道火候到了，只见他拿起那个长长的布袋，前面是木片定制的圆形，他将爆米花机子放在长袋子里，用脚一踩，嘭的一声，就有爆米花飞出来，和爆米花同时动着的是一群孩子，他们在地上抓起一把爆米花飞一般地跑远了。

　　他将下一家的大米装进去，往里面加了点糖精，合上口，又开始新一轮的表演。

　　我时常认为，这爆米花的匠人是乡村艺术家，他们用一种熟能生巧的技艺去升华一种枯燥的生活，没有一种玉米能逃出他的手掌，装进铁罐子里的是冰冷的玉米，飞出来的却是温暖如春的爆米花。他坐在那里，闭着眼，心里却在默默地数着时间，等到快要好的时候，他突然睁开眼睛，似乎有一束光从眼睛里飞出来。

　　他的每一个动作都那么优雅，从没见过他的慌乱，就是在那一声爆炸声里，别的人吓得捂上耳朵，而他依旧泰然自若。一系列的动作如行云流水，他一气呵成。我顿时觉得在这个世界上，他不是一个匠人，而是一个乡村艺术家。

　　他让玉米开出花朵，这一种花，是世界上最甜的花，是世界上最幸福的花，这么多年过去了，这种花，一直甜在我的心尖上。

几人曾守冰棍摊

一个少年骑着二八杠的自行车穿过乡间小路的时候，一定会有"雪糕""冰棍"的声音落在地上，那种长长的调子被庄稼人听见了。

一个人，正在地里割麦，突然听到这样的叫声，顿时直起腰，冲卖雪糕的人拼命地招手，嘴里大声呼喊："卖雪糕的，过来。"有时候，卖雪糕的人听见了，向割麦人走来，割麦人继续低头割麦，等着一个人的到来；有时候，卖雪糕的人听不见，割麦人的吆喝声落在他身后的小路上，看他越走越远的身影多少有些失落。

在中原，卖雪糕的人多是少年，到了麦忙假，他们就出来挣零花钱了。

一个少年稚嫩的脸上正冒着汗，他小心翼翼地从箱子里拿出绿豆雪糕。那种箱子，最外层是木质的，里面一层是那种白色的泡沫箱，再往里是母亲给他缝的棉被子，白色的，雪糕就躲在被窝里睡觉。有些孩子怕雪糕融化，包了一层又一层，每次买雪糕时，看他打开一层，不见雪糕，再打开一层还是不见，

接着再打开一层，才看见码得整整齐齐的雪糕。

箱子外面，是红油漆喷出来的两个字：冰棍，也有人在上面写上四个字的：冰棍、雪糕，尽管写得歪歪扭扭，可是也算是一种广告。每次看见自行车、木箱子和一个少年，再配上那偌大的字，我才觉得那个暑假有了味道。

那时，看着卖雪糕的少年与我一样的年龄，他们已经挣了人生第一笔钱，这多少让我羞愧。

羞愧转瞬即逝，我小心翼翼地拿着雪糕，慢慢抿一口，妈呀，太凉了，冰牙根。那个时候，不管你是一个多么急脾气的人，也不敢大口大口吃着雪糕，都是慢慢地抿，慢慢地嘬，这种甜顺着喉咙滑下去。

麦浪，在风中动着，一个人，坐在田埂上，一边吃着雪糕，一边揉着酸疼的腰，此刻，可以借吃冰棍的由头偷偷歇一会儿，这个目的，一直在我心里保存了多年。

后来的我，去过乡镇，去过比乡镇更大的城市，那里有无数的冰棍摊，可是无论雪糕品类如何繁多，味道多么可口，再也吃不出那种感觉了，那种感觉，只有坐在田埂上才有。

或许，雪糕里裹缠着更多的情感，一种叫作乡愁的东西落在雪糕上。

每一个村庄都有雪糕摊，它一般坐落在村庄的热闹之地，这些地方，一般是村里的代销点。在童年的回忆里，一定有几种雪糕是孩子们念念不忘的，每次去买冰棍，不用说要什么，老板娘就递给你喜欢吃的雪糕。

吃着雪糕，心里竟然想起六月的麦地，想起那个还没有自行车高的少年。他们游走在乡间地头，能及时将雪糕送到你我的面前，在那个时代，那些少年将优质的服务展现得淋漓尽致。

童年的那些日子，一定对移动的雪糕摊有着难忘的记忆。

后来，我走出了村庄。

在每一个难眠之夜，都会想起我的童年，一群小伙伴围在一起，攀比着谁吃过的雪糕种类最多。为了满足这种欲望，我和舅舅一起去了雪糕批发市场，雪糕的品类太多了，看得人眼花缭乱，这个时候竟然不知道吃哪一种才好。

舅舅每次去进货，就给我捎来一种没吃过的雪糕，我的童年比别人的童年更滋润一些。这么多年过去了，我一直挂念舅舅，这源于儿时的一种关爱，它发着光，照亮过我的童年。

那些耳熟能详的歌曲

一直都是听着母亲的歌谣长大的。

月亮升起的夜晚，那么安静，月光洒在我的身上，我在摇篮里，母亲晃着我，似乎也在晃着月光。母亲哼着歌谣哄我睡觉，歌谣唱得那么轻，一会儿我就睡着了。或许，这歌谣，伴随着我的童年。

多年以后，我也难忘那旋律，在有月光的夜晚，一个人总会莫名地想起那首歌谣：

月老娘，明晃晃

开开后门洗衣裳

洗得白，浆得光

打发哥哥上学堂

读四书，念文章

进京考个状元郎

在我的意识里，我觉得世界上的歌曲一定都和故乡的歌谣

邓丽君
甜蜜蜜
II

一样，旋律轻缓，那宁静的部分，打动着我的心田。听惯了故乡的歌谣，似乎再也接纳不了别的歌曲了。

或许，这是一种病，耳朵对童年的旋律过于敏感，对其他的歌曲缺乏一种包容，直到那一天，我的耳朵捕捉到一种柔美的歌曲，我的精神为之一振。

那是一个黄昏，我和堂兄一起坐在他家的屋檐下，他手里拿着一个收音机，边乘凉，边听广播。我坐在他一旁，听见这个小匣子里发出动人的歌声，声音太甜美了，柔柔的，酥酥的，似乎一个人的骨头都酥掉了。

那个女人的声音，怎么这么甜美。我们这些听惯了故乡歌谣的少年，突然到了另外一个音乐世界，我陶醉在这一首歌里。

堂兄告诉我，这个女歌手是台湾的，叫邓丽君，她唱的这一首歌叫《甜蜜蜜》。从此之后，我喜欢上了这样的歌曲，没事的时候，就打开收音机偷偷听邓丽君的歌曲。

《何日君再来》《美酒加咖啡》，这些歌曲像一粒石子扔在水里，在我的心里激起无数的涟漪。当时的我，已经对这些靡靡之音爱得不可自拔，或许，这是一个少年的秘密。

这些歌曲，我只能偷偷听，不敢对别人说，怕别人嘲笑我喜欢靡靡之音，我只能一个人躲在无人的地方，偷偷地跟着收音机唱。

一个少年的夜晚，一定有一个女人甜美的歌声飘过，她的歌曲洞穿过一个人的孤独。

后来，邓丽君的歌曲风靡大陆，像刮过一阵旋风，风里到处是甜美的气息。改革开放之后，世界越来越多元化，邓丽君的歌曲可以堂而皇之地出现在各个节目里。

我喜欢邓丽君的歌曲，显然这不是一个秘密，我曾经步行五里去镇上，买了她的一本专辑《彩云飞》，一个人躲在家里，一遍又一遍地循环着听，那个下午，屋子里的空气都飘荡着软绵绵的歌声。

故乡的歌谣不再是我们心里的执念，我们开始唱起了《涛声依旧》《小芳》《心雨》，与歌曲对应着的是一个村庄焕然一新的样子。许多人，随着歌曲去了南方，孔雀东南飞，在那里，一些人感觉到了与村庄不一样的烟火，这些人，踏着改革开放的春风，涌进那个叫作广州的城市。

在那里，歌曲更加多元化。

白天打工，夜晚有那么多的歌曲可以听，自己喜欢的歌曲围绕着人，那是一种不可言说的欢喜。

思想解放的风吹醒了大陆，Beyond乐队、黑豹乐队、零点乐队、唐朝乐队、谭咏麟、林子祥、四大天王，各种风格填补着我们的生活，我们在歌曲的变化中体味到了中国的进步，一个欣欣向荣的中国在冉冉升起。

我是那个见证中国变化的少年，一个人，欢喜着思想，欢喜着歌曲。

何日君再来？或许，一个人再也回不去了，光阴的故事也带着生锈的痕迹。

定格童年的照相馆

　　乡下人质朴，不代表不喜欢美，他们喜欢将青春的美封存在照片上。乡镇的照相馆，是乡村爱美之人最好的去处。

　　在乡镇，总有几家照相馆的橱窗里站立着一个美人的照片，头发刚烫过的样子，蓬松着，犹如飞蓬，圆圆的脸，眼睛清澈，嘴角上扬，酒窝很深，身上是盛大的礼服，通过玻璃给乡下人传递着现代美。

　　另一张照片是同一个女人，只见她穿着暴露，锁骨露着，大腿白花花的，一种狂野的美从橱窗里跑出来，钻进男人的眼睛里，再也拔不出来了。

　　那个时代，人过得简约一些，女人穿那种方格子外衣，男人穿绿色的军装，衣服的样式几乎就那么几种，可是照片上的女人展现出一种超越时代的美。路过的女人羡慕着，路过的男人挂念着，这就是乡村照相馆给予我们的魅力所在，它时刻诱惑着我们。

　　每次去小镇，都莫名其妙地在照相馆的橱窗前站一会儿，看一会儿那个冷艳的女人。

据说照片上这个女人，是照相馆的老板娘，她是这个小镇最为俊俏的女人。她的模样，给照相馆增色不少，许多人去她那里照相，不仅因为他们的照相技术好，更因为他们想看看俊俏的老板娘。

女人的美艳，也是他们照相馆的一张名片。

我走的时候，正好碰到老板娘出来，与她对视的那一刻，我的脸突然感觉到了发烧，腾地一下，从脸一直红到了脖子，然后急匆匆地走了。或许，老板娘压根就不知道我走那么快的原因，而我自己却陷入尴尬。我把背影留给了这个小镇，记住的是一个女人美艳的面孔和门头上写下的"摄影、婚庆光盘刻录、证件快照"之类的业务文字。

其实，每一个乡村少年的心里，都隐藏着好奇的心。听奶奶说，这个老板娘可是十里八村最俊俏的女人，当初照相馆老板发动一个小镇的人，轮番替他做媒，女人才答应嫁给他。

这样的故事，一直活在小镇的人情史里。

在小镇，总有无数波澜不惊的故事，串联起这个小镇的风流韵事。

他们家的照相馆是小镇开的第一家照相馆，刚开始的时候，生意并不好，但是夫妻二人头脑活泛，常常带着相机去乡村拍照，价格低，技术好。这是最好的宣传。

我家的第一张照片就是他们拍的，我们姐弟三个站在草丛里，个子从高到低，像一层层台阶。父母坐在前面，紧绷着脸，

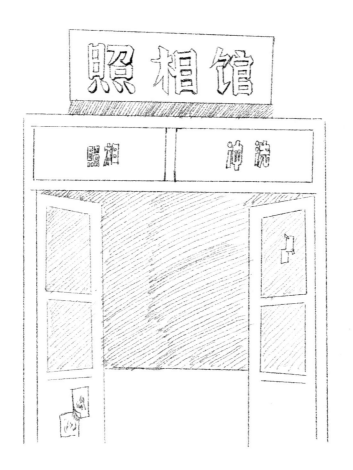

一副严肃的样子，被时间记录了下来。

　　在父母眼里，面对着镜头是一件严肃的事情，不可笑出来。多年之后，我们一直取笑他们，这是父母与我们生命中的唯一合影。

　　如今，那个照相馆还在，可是父亲已经不在了，唯有这张老照片记录着我们的一切。

感谢照相馆贴近生活的做法，他们深入乡村，用一种属于技术的善念留下许多人家的真实状况，串联起不少人家的光阴故事。后来，这个小镇的照相馆多了起来，而那个老板娘也老了，每次去镇上，看见她脸上堆满了皱纹，才觉得岁月消逝得真快啊！唯一不变的，是她脸上那迷人的微笑，以及那个深深的酒窝。

她家照相馆的位置一直没变，坐落在小镇的西边，像一把楔子嵌入大地。这一嵌，就是四十多年。这些年，当许多人抛弃土地头也不回地走了，他们仍在那个地方坚守着。每次从异地回到故乡，小镇也在悄然变化，已不是当初的那个小镇了，可是看见照相馆还是十来年前的样子，记忆的闸门一下子就打开了。

曾经的那个少年又站在那里，看着橱窗里明艳的女人，心里的秘密只有他一个人知晓。

消逝的代销点

穿越时光的隧道抵达更远的地方。

代销点，带着时代的痕迹，像一个具有中国年代标识的符号。

在中国的北方，有一个叫草儿垛的村庄，或许在地图上也看不到它的名字，可是它也曾容纳着三千多的村人，每一个人，都与那个时代同呼吸共命运过。

那个时代物资匮乏，中原地多，家里粮食还算充足，可是粮食之外的日常用品，必须步行五里抵达那个叫作付集的小镇，镇上有供销社，里面供应着乡下人需要的各种物资。

村庄离小镇较远，购买物资有诸多不便，再加上我村人口偏多，镇上供销社决定在我村设一个代销点。

它就在村庄小学的旁边，三间房子，是那种老式瓦房，蓝砖蓝瓦。进门，是一堵半人高的墙，以防止人进入，围墙的后面，分布着不同的商品。左边，放着两个大缸，一缸酱紫色，是酱油；另一缸飘出来酸的味道，棕红色，是红薯醋。右边，也是三个缸，一缸装满红糖，另一缸是白糖，最外面的一口大

缸，比这两口缸更大一些，里面装着粗粒的食盐。

中间的区域有布匹、衣服，还有各种女孩子的发卡头巾，也有家用的针线纽扣，地上依次是洗脸盆、暖壶。最让人惦念的是食品区，那里放着各种水果糖、罐头、小零食。

代销点的工作人员，一般是镇上供销社派来的人。

一般来说，来代销点上班的人，都是离这个村子不远的人，上下班方便一些。

我们村里派来的是两个人，一个女孩是售货员，一个老人是会计。两个人分工明确，一个理货，一个算账，把代销点管理得井井有条。

来代销点买东西，总看见这个女售货员在织毛衣，织针在她手里翻飞。她不打毛衣时，就坐在柜台上嗑瓜子。

看见人来了，她也不起身，对人爱理不理，你问她暖壶在哪里，她扬起手一指，又开始织她的毛衣了。这个女售货员高冷，给人高高在上的感觉，可村里就这么一个可以买东西的地方，没办法选择。

童年的我，看不出她眼睛里的轻视，眼里只有水果糖，有了空闲时间，就爱往代销点跑，似乎那里有什么勾着魂似的。

最快乐的时候，就是母亲刚要做饭，突然发现没盐了，或者是没醋了、没酱油了，或者是正准备生火，一摸火柴盒里没火柴，母亲飞速塞给我几毛钱，让我去买一些回来。

我欢天喜地去了，我知道母亲给的钱肯定比买东西的钱要多出一些，这是我们姐弟几个的跑腿费，走在路上，似乎水果糖的味道已经含在嘴里了。

路上不舍得浪费时间，飞鸟一般的速度直接冲到柜台前，递上钱，递上瓶子，售货员递出来一瓶醋或酱油，接着是几毛零钱。

我往往不接这几毛零钱，用奶声奶气的声音说："阿姨，不用找了，给我拿几块糖吧。"一把糖塞给我后，我便飞一样向家跑去。

回到家，开始与姐姐们分享水果糖，一人一颗，或者一人两颗，剩余的一把装进自己的口袋里，那种感觉能甜一天。

这个女售货员经人介绍认识了我舅，两个人成了相亲对象。每次我去买东西的时候，害羞地喊她一声妗子，她脸一红，额外抓给我一把糖。接着，她与我舅舅结了婚，生了孩子，转眼间，代销点也不存在了，她就安心在家种地、管娃，代销点成为一种消逝在风中的符号。

每次去我舅家，看到妗子老去的背影，总会想起那段时光，一个少年所有的时间缠绕过那个代销点，那是一个少年的全部光阴啊！

乡村广播站

20世纪六七十年代，广播站是思想的出口。

在中国大地上，无论你身在何处，都能感受到广播站的洗礼，它以一种喇叭的形式教育着下一代。先乡镇，后村庄，喇叭入村，喇叭入户，成了那个时代的一种政治任务，每年年底的干部考评，主要考察村上入户喇叭的多少。

教育下一代，思想先行。

思想的载体，就是这不起眼的喇叭。每天八点，这喇叭就准时响了起来，先是播放一首《东方红》，接着放广播体操，后面就是新闻报道往耳朵里钻了。播音员用甜美的普通话，为我们带来祖国大好河山的骄傲，这些来自五湖四海的消息，落在每一个农家小院里。

那个时代，推行喇叭入户也是一件困难的事情，生产队缺钱，农民更没钱。

乡镇的广播都是收费的，村上交了钱，给了票据，才能让甜美的声音传递过来。村庄为了在评比中不落后，省吃俭用也得把这一年的广播费交了，不仅是为听广播，更为接收中央

信息。

县上刚成立广播站的时候，条件非常简陋，宣传部负责买机械装备，邮政局和供电局负责架线安装喇叭，而文化局负责播放消息的审核以及播音员的招聘。

责任落实后，按部就班，各个部门负责各自的事情，一天比一天好起来，县城的每一次呼吸，都会抵达乡镇的任何角落。

在父亲的记忆中，广播站也出过糗事。

那时候，广播站的女播音员与管理机器的小伙儿谈起了恋爱，他们似乎被爱情冲昏了头，在那个广播站里打情骂俏，男子说一些甜言蜜语，这声音，在村庄上空飘荡着，落在村庄的大地上，他们的爱情宣言让村庄沸腾着。

这个事故，让村庄久久不能平静，成为村庄常谈不衰的话题。后来，也不知道这两个人的命运如何，只知道，广播站依旧是广播站，并没有因为这件事而影响它的播放。

广播站给予我的营养，能滋润我一辈子。

我喜欢中午和晚上，广播里会播放歌曲和评书，那个时候，跟着广播学习一些时兴的红色歌曲，躺在院子的槐树下，听《林海雪原》听《暴风骤雨》，没事的时候，也和小伙伴一起说"天王盖地虎，宝塔镇河妖"。就这样，一个人的文学梦想被广播站点亮。

广播站给我们村庄带来了很多的欢乐，可是，也有让村庄悲伤逆流成河的时候。

父亲说，他难以忘记的一年，是 1976 年。

那一年，周恩来、朱德、毛泽东，三个伟人接连逝世，当广播上转播中央新闻时，村里的很多老人放声大哭，这是一个村庄最为悲痛的往事。

一次哭声接着另一次哭声，这哭声，延续了一年的时间。那些日子，他们心中似乎感觉到天塌了，脸上很长时间没有笑容。

广播站与所有村庄一起感受过时代的命脉，一起呼吸过时代的空气。没有一个人，能逃脱广播站给予我们的笑声与哭声，我们多想在记忆里，等待一个时代归来，一起看看人间的风景，听听时代的歌声。

母亲的缝纫机

缝纫机送到我家的时候，我分明看见母亲的眼睛里泛起了泪花。

我知道，这一台缝纫机母亲等待太久了，这么多年，家里的衣服，都是母亲一针一线缝补出来的，到了冬天，别人都蹲在街头烤火拉呱，母亲却坐在床头给我们缝缝补补。

母亲多次和父亲商议买一台缝纫机，可是每次钱快攒够时，都会发生一些意想不到的事。那年，家里养的羊肥肥的，父亲说，等年关卖了，就去换一台缝纫机回来，可是还没等到年关，这只羊就不见了。

那个夜晚，风很大，天很黑，父亲睡觉很沉，呼噜声在黑夜里传向远处。或许，这样的夜晚，是贼喜欢的，那只羊在黑夜里不见了。我好奇的是，平时这只羊叫个不停，那个夜晚怎么一点动静都没有。

第二天，打开羊圈，空了，母亲哭了，姐姐哭了，父亲低头不语，我家拥有一台缝纫机的梦想，突然被一个小偷打乱了节奏。

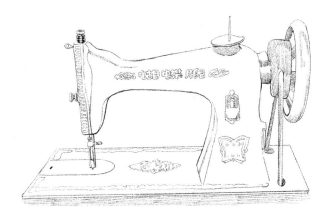

这念念不忘的缝纫机啊！

这个冬天，格外沉闷。

一家人的笑声少了，母亲门也不出了，一个人坐在床上，不停地缝补着新年的衣服。过完年，母亲就去镇上把自己留了十年的辫子剪了，姐姐也把辫子剪了。母亲将卖辫子的钱紧紧攥在手里，感觉比什么都金贵。父亲将门口的那棵桐树卖了。那个春天，母亲骑着自行车去外婆家借钱，再加上家里存下来的钱，父亲一咬牙买了一台飞跃牌缝纫机，当缝纫机被父亲带回家的时候，母亲先是流下泪水，然后脸上露出久违的笑容。

这是一个乡下女人最接地气的理想。

在乡下，男人们的理想无非是盖一座像样的房子，女人的理想就是拥有一台缝纫机，可以为家里缝缝补补。有了缝纫机之后，我家热闹了起来，许多平时不登门的女人也串门来了，第一次来时，扯扯闲话就走了，第二次来的时候，就带上自家的衣服，借用我家的缝纫机缝补缝补，母亲也乐意干这些事情，那几年，母亲的好人缘在村里达到了巅峰。

其实，这个缝纫机也是我们童年里最好的陪伴，不用它的时候，母亲把机头收起来，放进中空的底箱里。它的面，很光滑，像一个书桌，我和姐姐的童年就是在这上面度过的，写字、读书。刚开始，这上面放置一盏油灯，姐姐在灯光下写作业，等我上学时，也在上面写作业。

后来家里拉了电线，有了电灯，虽然灯光昏黄，可是也比煤油灯的光亮堂一些。

这里是我童年最愿意待的地方，夏天，最喜欢缝纫机光滑细腻的表面，冰凉冰凉的，脸贴在上面舒服极了。特别是下雨天，没事可做，母亲就坐在缝纫机前缝衣服，也不知道母亲从哪里拿了一堆衣服，缝一件一块钱。

这是缝纫机给予我家额外的奖赏。那些年，通过母亲的辛勤劳作，家里的光景好过了不少。或许，缝纫机所呈现的，不是一种器械本身的物用，而是一个家庭光阴的故事。

那个时代，记录着它的影子，我们在某一个角落，突然回头遥望过去，会发现有一种环绕着我们的笑声，起源于缝纫机。

奔跑在乡村小路上的自行车

　　自行车盛行的年代，一定有一个娇美的新娘，随着自行车队抵达一个陌生的村庄。

　　这种场景，是经历过那个时代的人无法回避的，一辆接一辆的自行车从村头排到村尾，当新娘一身红，被自行车驮着飞奔在乡野小路上的时候，数不清的嬉笑声落在大地上，与那些青翠欲滴的麦苗一起见证着一个村庄的喜事，那一身绯红的鲜衣和自行车一起走进一个院子。

　　自行车迎亲，是那个时代特有的痕迹。

　　只要家里有自行车，无论谁家孩子结婚，都会登门拜访借自行车去迎亲。当然，村里人也不白用，会用一个红鸡蛋作为回礼。人情门户在一来一往中显得其乐融融，没有人能够逃避村里人的帮衬，村里人自然也懂得帮助他人就是帮助自己的道理。

　　父亲，已经骑着我家的自行车迎过无数次亲事，回来都是一身酒气。母亲怕父亲喝多了从自行车上摔下来，就努力地学骑车。在某一个黄昏，当母亲自如地骑着自行车在打麦场穿梭的时候，也意味着父亲的迎亲时光即将结束了，此后，母亲成为迎亲队伍的一员。

自行车，为我家出了不少力。

父亲骑着它，将我送到学校，后座上驮一袋麦子，带到镇上卖掉，拿着钱去给我交了学费，我才能坐在那个所谓明净的教室里开始了"a、o、e"的学习。

那个时候，自行车在村里不多见。

一个家庭有了自行车也是一件盛事，许多人去镇上也来借自行车，说实话，那个时代的人很纯朴，借车的人也爱惜别人家的车子，骑回来之后，用毛巾把车擦得干干净净，有些人一不小心，将自行车的某个地方弄坏了，小毛病自己修好，大毛病就去镇上换零件，总之，给人家归还的时候，车子没有一点

问题。

在这个淳朴的村庄，一家有了自行车，一村也就有了自行车，只不过所有权属于这一户人家，但是家家都有使用权，村里人都比较好面子，不到关键时刻一般不张这个口，那个时候，面子挺重要。

村里的自行车不停变化着，先是永久牌、凤凰牌、飞鸽牌，后来自行车的牌子越来越多。

我家的自行车是凤凰牌，听爷爷说，这类车是上海自行车厂生产的，当初他们在《文汇报》上刊登启事，让能人异士给自行车取个名字，一个老师认为凤凰是吉祥的象征，再加上它飞起来速度快，所以就有了凤凰牌的名字。

自行车的二八杠上是我的地盘。

大年初二，父亲骑着自行车去外婆家，后座上带着母亲，前杠上是我和姐姐，我喜欢坐在最前面，视野开阔，能最先看见路上的一切，美丽的风景全在二八杠上。

不远处，就是外婆家，到了那里就有浓浓的温情：压岁钱，还有一桌子好吃的。

我的整个童年，是自行车陪伴我度过的。我记住的不是贫穷，而是一种环绕在心灵深处的暖暖的亲情，包括村里人，也是暖暖的。

我家的自行车，丢失在了一个阳光明媚的中午，姐姐带着哭声一起回到我们的院子。

姐姐骑着自行车上学去，放学的时候，自行车找不到了。父母得知这个消息没说一句话，好在这辆自行车用了十来年了，也算物有所值了，心疼就减弱了一些。姐姐却哭得梨花带雨似的。我知道，在那个时刻，一定有一种叫作自责的东西不停地撞击着她的心。

　　自行车成为一种暖暖的回忆，这回忆，一直都在心里保存着，那么清晰，那么难忘。

罐头，打开一个人的记忆

　　童年的往事有点甜，这是每一个愿意回忆往事的孩子内心愉悦的感受。

　　那些年，早上顿顿白馒头夹西瓜酱，中午就是白水煮面条，上面撒几片青菜叶，一看到这样的饭就没有吃下去的欲望，端着一碗面条都是一种煎熬：吃吧，实在没滋味；不吃吧，还有一下午时间，肚子撑不下去。

　　我的童年，一日三餐几乎一个模式，缺失变化，这让一个少年觉得童年的饮食如此僵化。

　　后来家里多了个坛子，坛子不大，里面装满了红糖。每天中午放学回家，拿一个馍掰开夹上红糖，一溜烟地跑出院子，一个少年关于饭食的欲望，就是从加一勺子红糖开始的。

　　白馍加糖，一直陪伴着我的童年，直到我的牙齿出现了问题，母亲才将红糖罐子放在更高的地方，每天放学回家，我只能望上一望，此后再也吃不上了，也断了对红糖的念想。

　　那个时代，日子虽然过得寒酸些，可是精神上却无比愉悦，一个少年可以无拘无束，毫无学业的压力。那时候上学几

乎就是个副业，学习好的孩子，家长就会一直供他，从小学到大学，直到走出村庄，再也没回来过。学习不好的人，自然也就辍学务农了，上与不上，都没有孩子觉得委屈。

我算那个一直求学的孩子。

有一次中午放学回家，看见姑姑来了，带了几瓶罐头，一瓶是蜜桃罐头，一瓶是蜜橘罐头，一瓶是牛肉罐头，一瓶是带鱼罐头。

姑姑脸上有些哀怨，头发上满是粉尘。姑姑嫁人之后，因为离得比较远，一年也来不了几次，当我看见奶奶躺在床上的样子，我才明白姑姑来我家的真实原因——奶奶病了，她脸色苍白，没有血色。我看着奶奶难受的样子，心里难受极了，就待在奶奶身边陪她说话。

下午放学回来，姑姑走了，父亲下地干活还没有回来，我看奶奶精神了不少，给她倒了一杯水，让她吃了药。奶奶摸摸我的头，慈爱地说："你快吃罐头。"她把姑姑拿的蜜桃罐头拿出来让我吃，我让奶奶吃，奶奶说不爱吃，还威胁我说："你不吃我生气了！"

我用手去拧罐头的盖子，无论如何用力都拧不开。越是拧不开，我心里越急，看着罐头里的蜜桃，我馋得直咽口水，最后直接拿刀在铁盖上割出一个十字，然后从中间向周边卷起，用筷子夹一大块让奶奶先吃，然后再夹起来一块自己吃。我先将蜜桃放在唇边慢慢地抿，再放在嘴里抿，吮吸上面的甜水，然后轻轻咬蜜桃的一角，细细地品它的滋味。

一块蜜桃，我竟然吃了半个小时。姐姐回来后，我又将罐头分给她吃。这是童年里最幸福的时光，蜜桃肉肉的，甜甜的滋味被我记在了心里，成为童年里忘不掉的味道。

这么多年过去了，我一直都记着那瓶水果罐头，它是河南林州出厂的，那种蜜糖水，甜入心扉。一个人因为一瓶罐头记住了一个地方。后来，我经过林州，特意去买了一箱童年吃的那种蜜桃罐头，打开它的时候，自己只吃了一口，便大失所望，怎么也吃不出童年的味道了。

或许，是心境变了。

那个时候，一个人馋一种蜜桃罐头，是那个贫瘠时代的欲望。

这么多年，都念念不忘一种蜜桃罐头，可是每次靠近它又无比羞涩，因为童年贪吃的狼狈相被它见过。林州还是那个林州，罐头还是那个罐头，我好像是那个我，又好像不是那个我了。

这些年，物质富有了，我被各种美食包围着，曾有一段时间我再也想不起来那个少年和黄昏的样子了。或许，只有赤裸裸与它对视时，才突然觉得一个人多了些羞愧，对于故物，内心竟然这么毫无波澜，这是多么不可思议啊！

当我写下蜜桃罐头时，我的世界訇然中开，一个人顺从童年的光阴抵达那个黄昏，奶奶靠在床头，一个少年津津有味地吃着罐头，这样的印迹，恐怕一辈子也消隐不去。

后来，走过太多地方，见识过太多的罐头，它们丰富着我的味觉，但我依然无数次地迷恋于童年的糖水，我们叫它：糖水荔枝，糖水菠萝，糖水黄桃，糖水马蹄，糖水橘片，糖水苹果，糖水海棠，糖水梨。

多少个不眠的夜晚，我都回忆着童年的罐头，它瓶子上的商标很鲜艳，设计简单质朴，纸张也粗糙，可是每次看见那上面花花绿绿的水果，我的口水便直往下咽。

我的脑海中，常有这样一幅画面：一个婴儿面带笑容，手里拿一个勺子，身边是一瓶罐头。或许，这是我见过的关于罐头最好的创意，它那么温暖，那么甜蜜。

窗外的世界

少年欢喜于田野、街道，欢喜于每一个自由的地方，可是当孩子们被圈在一个地方，那是一种什么样的图景？

乡村小学就是这样，三间大房子，蓝砖蓝瓦，墙上印刷着"团结紧张，严肃活泼"八个大字，教室内共有六排桌子，桌子长长的，能容下五六人的那种，坐的凳子，小且低矮。

一溜小脑袋挤在一起，认真地听老师讲拼音字母，孩子们发呆时，就盯着黑板上面那两行标语："好好学习，天天向上。"

教室的两头留有两扇门，中间是一扇大窗户，后墙上有三个窗户，既通风又保持着教室的明亮，许多人关于童年的记忆，大致如此。

我上一年级的时候，就坐在窗户边。

那时，感觉自己像一个囚犯被关在教室里，听课时常常走神，喜欢看窗外的风景，窗外飞翔的麻雀把我的注意力带走了。无事可干的时候，就注视着墙边那棵白杨树，从春天看到冬天。

一到秋天，我最关心的事不是学习，而是数白杨树上的落叶剩下多少，五片，四片，三片，两片，一片，最后叶子不

见了。

有时候，也看见一个老师在操场跑步，他是去年刚分配到我们学校的，很年轻，穿着海军蓝的Ｔ恤，灰色运动裤，脚下一双回力运动鞋。他跑步，我看他，他装饰过我的理想，我想成为他那样的人。他跑步时，我都默默地替他数圈，直到他跑到第十圈的时候，早读也就放学了，我们飞鸟一样散了，各自跑回自家的门洞。

那个老师坚持跑了一年时间，后来再也看不见他了，听说他去了县城，具体干什么谁也不知道。我开始想念那个老师，少了他在操场跑圈，我的早读过得百无聊赖。

小学时代，让我记忆最深刻的是那两个躲在窗户下偷听老师讲课的人，一个是我们的校长，他偷偷观察教室的老师是否教得用心，观察学生是否学得用功。每次看见那个熟悉的身影，我们就格外用功，一个影子一样的人陪伴了我们五年，直到我们从乡村小学走向乡镇中学，再也看不见那个白发的校长了。另一个躲在窗户下偷听的人叫黑娃，是村西头五婶家的儿子，他父亲因病去世，剩下他母亲一个人拉扯兄妹四个人，日子过得紧巴巴的，没钱供他读书。他就躲在窗户下偷听老师讲课，无论刮风下雨，从未缺席过。自从他来了以后，我再也不看窗外了，这是一种监督，也是一种鞭策，每次我想要走神时，就想到他在窗外，与他相比我是多么幸福啊！后来，校长让他进教室听课。苦难给予他的，是上进的力量。他成为我们这个村庄第一个大学生，他在窗下偷学的故事成为村庄的美谈，每当我们不好好学习时，父母都会用他的事迹激励我们。

我们的教室虽简陋，人心却很善良。老师的戒尺会不时落下来，谁挨了戒尺，于家长而言，是一件莫大的幸福，戒尺对应着的不是惩罚，倒像一种关注。

我时常回忆那些年，一个少年，脖子上系着红领巾，胳膊上是三道杠，面朝北方，听着广播里的国歌，目光如炬，似乎首都北京就在不远处。

那个时候，尽管不知道北京离我们多远，可是我们知道只要好好学就能去北京。老师拿出在北京拍下的照片，学生心里莫名地崇拜起来——北京离我们那么远、又那么近。

柜台后的风花雪月

童年最快乐的事，就是跟随父亲去镇上。

到了镇上的供销社，那个高高的柜台把我们挡在外面，父亲和里面的人攀谈着，询问着烟叶和醋的价格。由于好奇，我努力踮起脚尖，尽管如此，仍看不到里面的样子，只能看见一个高高的货架，上面放些花花绿绿的布匹，它们安稳地躺在那里。

我喜欢去镇上，喜欢去供销社，我有一种偷窥心理，企图看见柜台里面的世界，越是看不到，越是渴望知晓答案。

喜欢去那里还有一个秘密，里面那个售货员来自四川，能说一口流利的普通话。说实话，在那个年代，即使是乡镇学校的老师上课也说方言，可是镇上的销售员却说着普通话，这在当地掀起了不少波澜。

许多人来镇上只是为了看看这个女售货员，听她说说普通话，有时候，与她熟悉的人也会让她说几句家乡话，那种拖着长调的四川方言，那么柔，那么好听。

每次赶集，我都会和父亲一起来到这里，父亲忙着买家里

需要的东西，我忙着偷看这个女孩。但我看不见她，她个子不高，被挡在了柜台后面；我个子也不高，被挡在了柜台前。一个柜台，犹如我俩之间高高的山。

忙的时候，父亲在镇上买菜，也会塞给我五毛钱让我去供销社买点糖。为了让她看到我，我便高高地举起手，把五毛钱递过去，然后用奶里奶气的童音送过去几个字：买一包糖。钱被一双肥嫩如莲藕般的手接住，接着从柜台的后面给我递过来一包糖。那次，我看见了她的样子，皮肤白白嫩嫩，很富态，圆圆的脸，脸上有个很深的酒窝，一笑，就盛满了笑容。只一次，就记住了一个人。

或许，她压根儿就没有关注我，可是我却时时刻刻想要偷窥她的一切，这是一个少年最隐私的事。对那个漂亮的女孩莫名地产生一种好感，这好感是毫无缘由的，那个时候，它却真实地存在着。

冬天，我的手生了冻疮，肿得像刚蒸熟的大馒头，我去供销社买蛤蜊油，或许，她看见了递上去的手如此丑陋，可是我却盼着她看见我的冻疮，最好再说几句安慰的话。

当然，这一切都没有发生，我站在柜台外面等着她递给我蛤蜊油，等了几分钟，也没见递过来，却听见里面传来她和一个男人谈话的声音，听到男的邀请她中午一起吃饭。

我隐隐约约感觉到一种失落，这个女孩恋爱了。男孩个子很高，柜台上面悬着他的脸，我与他对视了一下，眼神冷冷的，带着一种恨意。

我走的时候，回头狠狠地瞪了他一眼。这是不甘心的一眼，也是无因由的一眼。这是一个少年的冲动，这秘密，隐藏在日子里。

柜台像一座山，挡住了我的青春，我上五年级时，个子足够与柜台平视，却看见她带着孩子在卖货，少年的欢喜再也不见了。

柜台后的风花雪月，以一种静默的方式存在过，她不知道，一个少年，曾为她而来。

或许，这就是青春，这就是供销社柜台里的秘密。这么多年，谁都不知道，唯有我，在灯火阑珊，想起少年的糗事。

日历里的故事

乡村的悲欢离合都藏在日子里。

乡村所有时间的秘密，藏在那一本薄薄的日历里。20 世纪 70 年代，家家户户都有一个日历牌。

日历牌，通常挂在家里最显眼的地方，一本薄薄的日历就钉在日历牌上，日历对应着的是一天一天消逝的日子。

那个时代，这一天过完了，刺啦一声，就把这一页日历撕掉；还有一些人，过日子比较节约，把过完的那一张夹起来。

我家属于前者，那一张撕掉的日历，就成为引火草，引燃芝麻秸秆，灶台下噼噼啪啪的声音落在耳朵里，炊烟里似乎也有了日历的味道。这些细节司空见惯，乡下人不会在意。

日历在我家具有很高的地位，父亲喜欢在日历上找出一些特殊的日子，譬如二月二、端午节、中秋节、腊八、春节。

爷爷奶奶的生日、外婆外公的生日、爸爸妈妈的生日、姐姐和我的生日，都在这日历上显示着——数字上标有一个重重的红色符号。

这些日子，在刚买回日历时就标出来了，日子到了标识的那一天，我们就格外来劲，或许，一种幸福的生活就开始了。饮食，会有很大改观，还有机会去外公家，父亲去学校给我请假，这一天，再也不用去学校了，这是我最开心的事。

其实，在日子没有到来之前，我就总盯着日历看了，我焦急地等待着，希望日子过得快一点。每次回家，第一件事就是站在日历前，数一下再过几天就能去外公家了。

十天，九天……三天，两天，一天，终于等到了那一天，我和姐姐高兴极了。去给外公过生日，像去参加一个盛大的仪式，全家人都要穿上新衣服，然后去镇上割肉、买礼品。经过半个小时的颠簸，终于抵达那个熟悉的院子，然后是一声长长的呐喊："姥姥——姥爷——我们来了。"外婆颠着一双小脚，跑出门迎接我们，这些细节，在一个少年的回忆里鲜活着。

或许，日历指引着方向，它以一种无声胜有声的方式，带领我们走向童年的深处。

更多的时候，我们看日历，其实是在算日子，端午假、麦忙假、中秋假、寒假，我们盼望着这些日子的到来。童年的欢喜和失落都与一些数字有关。

我觉得日历像一个账本，记载着那些年我们所有的债务。

一个人把一生的光阴都放在日历上了。那一年，姐姐出嫁了，母亲哭成了泪人；那一年，父亲去世了，母亲躺在床上不吃不喝……这些事，都被日历记着，也被我记着。

日历，就是我生活里的一面镜子，照出我人生的一切。

我考上大学，去了西安，毕业后，去了陕北，出发的日子，都在日历里。母亲对着日历看了半天，横竖不说一句话。

　　童年时代，我是那个喜欢看日历的人，可是此刻，那个喜欢看日历的人却成了母亲，她延续我童年的做法，在日历上标出一些重重的符号，或许，那是儿女归来的日子吧！

　　一本薄薄的日历躺在墙上，静静地给我们讲这些年的往事。

　　我站在老家的墙前，与一本旧日历对视着。

岁月静好，油罐

　　如果我是一个画家，一定画一个油腻的釉光罐，它被人放在厨房里，里面盛满油，上面被一块木板盖着。

　　它带着光阴的味道，油腻的痕迹重重叠叠，丰富着它的故事，黄昏与它对视，也不过拉长了它的影子。在我的青春里，油罐绝不是可有可无，它一定放在厨房里最为重要的位置。

　　在乡村，堂屋和厨房是两个不同的场域。堂屋代表着一种庄重，日常最为盛大的仪式，都会在堂屋里发生，而厨房却代表着一种温馨，人间烟火，都在厨房内。

　　厨房的摆设是有规矩的，油罐靠着灶台，方便炒菜，而盐罐紧随其后，接着是调料等。母亲是厨房里一尊掌管生活的神，无论刮风下雨，她都准时站在灶台前，掌管着一个院子的温饱。

　　童年的记忆里，有了油罐，饭就有滋味一些，热锅，加油，一种香气扑鼻而来，我们顿时对饭菜充满了期待。

　　闻见香气，我们跑了进来，等待着吃饭的那一刻。

　　乡村是贫瘠的，肚子太缺少油水了，平时母亲炒菜不舍得放油。有时候趁母亲不在，从油罐里舀一勺子油，浇在白馒头

上，然后放几粒盐，飞一样地跑出院子，生怕这个秘密被母亲发现。跑到无人的地方，偷偷吃一口，真香啊！油罐里都是炸麻叶、油条之后的油，故乡称之为熟油，吃了不会伤害肠胃。

我对那个油罐充满了惊奇，油明明不多了，居然能从年始吃到年末。或许，年少的我不懂生活赋予一个人的能力。母亲掌管着生活，她的手、眼睛，都像一把标尺，一勺子舀下去，要多少就会舀多少。

母亲的这种本领，我学不会，我没有被生活的拮据折磨过，不知道柴米油盐赋予生活的意义。母亲蹚过贫困的河流，知晓家庭有两个战场，一个是大地，那里是庄稼比赛的地方；另一个是厨房，那里是女人比赛的地方。

说实话，这么多年，母亲都在一种波澜不惊中把控着生活的走向，我们的每一天，都恰到好处，生活既不肥腻，也不清淡。

　　那些永远也吃不完油的油罐之于我们的意义，其实就是生活之于我们的意义。

　　我家厨房飘出来的气味和节日贴合如此紧密。有时候觉得这个油罐和母亲一样质朴，带着生活的灰尘。

　　油罐守着日子，为我们带来烟火里的味道；母亲守着村庄，等待着我们归来。

　　到了祭灶的日子，我们回到这个院子，父亲在灶台前祭灶，让上天言好事的灶王爷享受着他在人间的供奉。我觉得母亲才是我家最大的神，她经营着生活，掌管着每一个日子，有她在，我家的每一次缺粮危机都能得以化解，她做这些事情，总那么风轻云淡。

　　这次回家，我给母亲买了一个油罐，可是母亲不舍得把旧的扔掉——念旧，这是他们这一代人最为纯真的情感。

　　一个人，再也无法回避油罐之于母亲的意义，它藏着母亲一生的光阴。

最后的乡村拾粪人

我大抵是知道的，在乡下，总有一些人，迎着寒冬的风拾粪去了。

他们与冬天、与鸡鸣狗吠形成一种默契。天色还未亮透，一个人影就出了门，他手里拿一把铁铲，挎一个粪筐，成为乡村的晨曦图。爷爷也是拾粪人，对此我毫不避讳，我觉得，拾粪是一个人勤劳的表现，乡村最原始的日常里，一定离不开乡村拾粪人。

一条土路，串联起乡村的庄户人家。

黄昏，牛羊被人赶回村，吃了一肚子的青草，牛边走边拉粪，啪嗒，啪嗒，一下接一下，路上的牛粪，冒着热腾腾的气，牛粪有规律地排列着，犹如古代战场上的一字长蛇阵。羊，从屁股里挤出羊屎蛋，散开犹如天女散花，撒得满地都是。

夜行人，一定有几个人觉得脚下一软，急忙抬高腿，虽然动作快，可是心里已经知晓踩上牛粪了。

拾粪人，在早晨看见一个带着牛屎痕迹的脚印，就知道有夜行人路过村庄，趁着夜色蹚过这条土路了。

牛粪一坨一坨，拾粪人用铲子一铲，顺势丢进粪筐。这个粪筐，陪伴爷爷十年了，每次快坏的时候，爷爷总是去地里砍几根柳条，缝缝补补，之后它便又安好如初了。

其实，我们要感谢这些拾粪人，他们是村庄的清洁工，鸡鸣之前，他们已经将街道上的粪捡拾得干干净净。拾粪人都是些老人，年岁大了，不瞌睡，一边拾粪一边呼吸着早上的清新空气，他们围绕着村庄走了一圈又一圈，既锻炼了身体，又给自家的粪堆积了肥。

在乡村，每一户人家都有一堆农家粪，生活垃圾、牛羊粪、草木灰，堆在一起，自家菜园，地里的麦苗，都得到过它们的滋养。

中学时代，每次一个人去学校早读，都能在路上遇见几个拾粪人，看见他们本来有点害怕的心便踏实了下来。

村里人捡拾着粪，说是捡黄金。或许，在他们心里，粪就是庄稼的黄金，粪滋养过的庄稼，来年一定能卖个好价钱。

在乡村，尽管粪难闻，可是没有人会嫌弃它们，有了它们，就意味着盛夏的麦子粒粒饱满，肯定是个丰收年。到了冬天，女人在家缝缝补补，男人没事干就扛个箩头出门去了。有粪就捡，没粪就几个人坐在一起拉话，说说天气，说说收成，说说谁家的孩子又进城去了，或许，捡粪就是一个借口，聚在一起聊天，才是村庄男人们早起的真实目的。

有些人出门晚了，回家粪筐里一铲子粪也没有，但依然乐在其中，或许，于他们而言，拾粪是一种言在此而意在彼的活动。

爷爷，一辈子都是个勤快人。直到去世前，他还挎个粪筐去村庄遛了一圈，带着半筐粪归来，回来后，躺在床上，头一歪，就走了，他走得毫无痛苦，村里人都说，爷爷这辈子积了德。

他的死，成为村庄的一个话题。

他们都记得，一个老人趁着天色微亮，已经在村庄走了一圈，粪筐里全是粪，然后便站在村口，看着这个生养他的村庄。他对这个村庄爱得如此深沉、如此炽热。

灯光里的人间

在漆黑的夜，哪怕一豆灯光，也足以引起乡下孩子的骚动了。

当马灯穿过狭小的街道时，一个村庄的人都知道黑娃回来了。在这个村庄，只有黑娃用得起马灯，他提着一盏马灯从一个院子去另一个院子，谁也不知道他去干什么。

当黑娃被枪毙的时候，村庄的人才恍然大悟，原来他是那个闹革命的青年。他死去的时候，手里拿的那盏马灯，成为一种永久的怀念。

当马灯在村庄盛行时，日子好过了不少，谁也不提黑娃了，似乎他已成为一个符号。

爷爷常在盛夏的夜晚，坐在老槐树下讲黑娃的故事，讲他被反动派堵在村里，讲他留下的一盏马灯。或许，村庄与马灯之间注定会有一段剥离不了的秘密。

到了20世纪70年代，这种笨重的马灯逐渐消失，取而代之的是手电筒，它携带方便，电池一装，一道直光从黑夜里的一段抵达另一端。

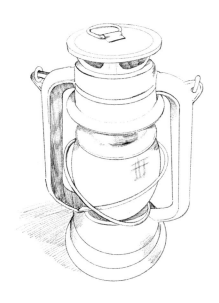

　　手电筒陪伴过多少夜行人，已经数不清了。那个时候，手电筒几乎成为乡下人的宠儿，捉知了猴，下地给庄稼浇水，都有一束亮光，成为开在夜晚最美的花朵。

　　那年，外婆病了，妈妈带着我，用一把手电筒蹚开夜晚的小路，步行五里，抵达那个熟悉的院子。那一夜，母亲一夜无眠，手电筒的亮度也暗淡下来，直到熄灭。

　　外婆被送到医院，经过治疗慢慢地好了起来，但是一个夜晚与手电筒的秘密被我记住了。

　　乡下贫瘠的生活总会催生我们无限的想象力，在乡下，我们自制的煤油灯照亮了黑夜，在墨水瓶的瓶盖上烫一个孔，用那种铝质的牙膏桶卷起来，中间用棉花穿过，墨水瓶倒满煤油，浸湿了，刺啦一声，一根火柴点亮棉花灯芯，一豆灯光，在夜色里闪耀着。

一个少年，无数个夜晚都与自制的煤油灯相伴，直到作业完成才和衣睡下。

这是一个少年的智慧之光亮在大地上，一个少年的智慧在黑夜里开出的更美丽的花朵。后来，蜡烛出现了，白的、红的，接着村庄被一根根电线填补着，一个又一个灯泡在村庄亮着。那些年，电不稳定，停电成了一种习惯，谁的家里不备上一把蜡烛，似乎这日子就不是个日子，停电了，划一根火柴点燃蜡烛，夜晚顿时明亮了起来。

我是一个喜欢钻研的孩子，喜欢把蜡烛放在父亲喝酒的小黑碗里，看蜡烛熔化。蜡油一滴一滴滴在黑碗里，当滴到满满一碗时，我在里面放一根母亲做布鞋用的线，就成了一盏灯了。

父亲每次看到这都偷偷地笑，似乎黑夜对于一个少年来说，总是充满了快乐。

时代变化如此之快，我们记忆里的光始终如一，可是发光的器皿却一变再变。灯具变化的背后，是一个时代吹拂过的风，它那么温暖，那么清晰。它们替时代发言，讲述着人间烟火的一切阴晴圆缺。

盛夏的乡村，总爱停电，停电便掐灭了乡村的乐趣，电视剧再也续不上了。随之，乡村出现一种灯，可以蓄电，乡下人叫它矿灯，它蓄满电，可以提供电视需要的电量。

　　自从有了这种充电的矿灯，乡村的夜晚更加热闹了，停电后，许多人把家里的矿灯拿来，那个有电视机的人家热闹到了半夜。

　　当矿灯灭了的时候，乡村也就安静了，乡村里的人也睡下了。

织布声声入耳

唧唧复唧唧，夜半听户织。

在乡下，万物睡去，唯有这织布机的声音在空中回荡着，这是乡村最美的声音，它对应着一个农户人家的思维——勤劳、节省，一切关于乡下人的美德，都在这夜晚的织布声里。

爷爷和二爷从睢县买来的织布机，两家人共用，今年你家，明年我家，似乎分工明确，心里都有一本账，到了日子就送过去了，从没因为使用织布机红过脸。织布机承载着的是一种亲情，它见证了乡村最美好的一面。

这种风尚延续下来，母亲和婶婶们也分得清年头与归属权，和睦相处的方式是从一台织布机开始的。每年轮到我家的时候，母亲总是先把织布机擦了一遍又一遍，直到它发出枣红色光泽，才去考虑织布的事情。

织布机，考察的是一个女人的协调能力，需要手脚并用，脚踏着踏板，一上一下，不停地交替着，手里也不闲着，一个手推机杼，一手去传梭子。

札札弄机杼，这古老的民谣，在乡村早就存在着，母亲是

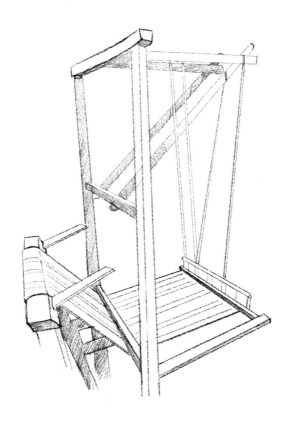

我生命中最早的弄机人。

　　夜晚，一盏油灯常亮着，其实，母亲对织布熟悉到没有油灯也能上下翻飞，可是女人对夜晚的恐惧，需要一盏灯去陪伴。

　　乡村女人的智慧层出不穷，她们织的布，一年一个花样，绝不重复，或许，女人织布的手艺，也在层出不穷的花样中得以提升。

母亲织的布带着棉花的清香，我喜欢闻母亲织出的布，那布虽然简单，却是母亲用一双枯手在日子里熬出来的，为了这一匹匹土布，母亲熬过多少黑夜啊！

母亲喜欢织布，她说乡下人的冬天，是个闲日子，不织布，日子就过得慢。

母亲的土布分得特别公平，姐姐的、我的，都各自分好，姐姐出嫁时，土布给她当了陪嫁品，而我的土布，如今仍在箱子里放着。每次看到这一箱子的老土布，就会想到那些夜晚，母亲在灯下操劳的身影。

可是，妻子却说，这种布，质地太粗糙，睡上去不舒服，于是床上全部换成那种丝绸的布。

听到她说的话，我觉得妻子离我很远。

妻子不能知晓一个乡下女人所存在的意义。

每次我都骗母亲说："老粗布很好，很结实，我们一直在用。"或许，一个人善意的谎言，可以安慰一个乡下亲人的情绪。

今年，母亲在电话上又说，趁还能动弹，我再织一些布吧。我赶紧劝她说："妈，你身体不好，清清静静享几天福吧，布，够用了。"可是母亲就是不听，又在家里安上了织布机。

每个夜晚我都会失眠，失眠时，总能听到母亲织布的声音，这是一个老人能为远方的儿子所做的唯一的事。可是她哪里知道，她的儿媳妇对承载着一个母亲对儿女无限深情的老土布并不欣赏，甚至有点嫌弃。

　　一个人坐在灯下，似乎看见棉花白了乡野；一个人，腰里系着布袋，一揪就是一朵棉花，那棉花犹如一朵白云。

　　一座如雪的棉山，转化成一匹匹布，这需要经过多少漫长的黑夜啊！

夜听纺车声

牛羊归圈，乡野的夜晚才算正式拉开了帷幕。

母亲做饭，香气四溢，那些毛茸茸的小脑袋已经按捺不住了。他们站在母亲的身后，等待着母亲揭开锅盖的那一刻，一人端一个粗瓷大碗，哧溜哧溜，把一碗饭倒进肚子。

吃完饭，打个饱嗝，也该睡了。

母亲洗刷完，还没有困意，就坐下，开始纺线了，只听见蜜蜂一样的嗡嗡声在堂屋里响起来。我看着母亲纺线时的样子，似乎在享受着一种美的艺术。

她手里的棉条一伸一收，一会儿就不见了，我惊奇于母亲的本事，她像个乡村魔术师，一会儿，纺锤就肥胖起来，像个肉乎乎的婴儿，可爱极了。

上小学的时候，母亲纺线，我趴在桌子上写作业，我一边写作业，一边听着纺车的声音，这是乡村最动听的音乐，它陪伴了我的整个童年。这么多年，我感谢生命中的那一辆纺车，它虽然质朴无华，可充实着母亲的每一个夜晚。

母亲织布，父亲在做木工，我无事可做，就在灯下看《聊斋志异》。一豆灯光，照亮白纸上的文字，把我带入一个狐仙的世界。狐的世界，其实就是人的世界，人借狐仙说人间的故事，这是后来我才知道的，当初看的时候竟然感到害怕，但是抬头看见母亲在门口纺车，父亲在院子里做家具，似乎有了主心骨，心里就不怕了。

有时候，觉得纺车如此简单，绳轮、锭子和手柄，就组成一个乡村艺术的世界。

母亲在纺车的时候，一般不吭声，她说，一心无二用，似乎一说话就会搞砸一件完美的事情。她总那么认真，那么用心。

这是乡村最好的教谕，它教给我如何做事。这样的教育方式一直感动着我，无论我在任何时候，干任何事，都是那么认真，绝不一心二用。后来，织布机也不知道被谁卖了，纺车也没了用途，父亲说，把纺车劈成柴火吧；母亲说，再放放，这一放就是十年。

这十年，也没见母亲用过它。

母亲经过它的身边总会待一会儿，一句话也不说，然后默默走开。我不知道母亲面对着它是一种什么情感，对于我们来说，把它放在堂屋太占地方。我多次给母亲说，劈了当柴烧吧，母亲横竖不说一句话。

如今，我们一个个都走出了村庄，居住在远方，各忙各的事，再也没有人提及那个纺车了。父亲也不在了，那个劈柴的人，再也没机会去考虑纺车了。或许，它的命运如何，再也没人关心了。

有一次，与母亲通电话，她突然提起纺车，说有个人想要回收它，说那个人是一个民俗博物馆的员工。

母亲让我抉择，在母亲的心里，父亲去世后，这个家的主人就是我了，尽管她知道我的新家在遥远的陕北，但是在她的心里，我永远属于那个院子。

院子里的每一个物件，她都会和我说说，听听我的建议。我和母亲聊了半天，建议她把纺车卖了，我不敢说这样的事你自己做抉择吧，这样会伤了母亲的心，我要让她觉得在她的身后，她的儿子还在，还属于这个院子。

纺车的故事，或许会落下帷幕，可是温情的故事一直在我与母亲之间传递着。

压水井流出的日子

井，已经成了一种文化的符号。

八家为井，凿地而饮。在文化的源头处，有一口水井，有一个井辘轳，人间就有了活路。

中原不缺水，地下水浅，往下挖十来米便有水。古人欢喜众人聚一起，在村口凿一口大井，清晨打水，将家里的水缸灌满，日子就这么一天一天地过。年代久远了，这井自然成了一口老井。

也不知从什么时候开始，人们觉得来来去去担水很不方便，就在自家院子里打一口井，安上井头，再也没有天亮排队担水的烦恼，不必为水而煎熬了，乡村的日子也觉得好过了不少。

这井，故乡人称之为压井。每次压水之前，需要往井心里灌两瓢凉水，我们乡下人叫引水，有了这引水，才能压出地下清凉的水来。压井对于人们的重要性，乡村人谁也忘不了。在春节，是要祭祀井神的，无论谁家的井台上，都会贴一红联："青龙引水"，或"清水长流"。通过这种祭祀方式，让水与一

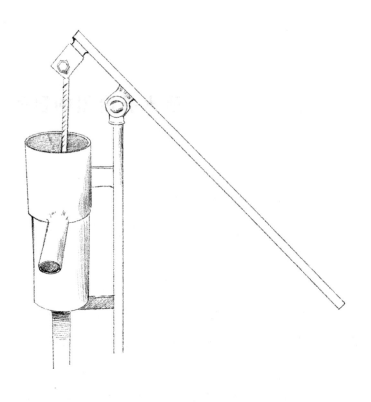

个农家小院有了一种默契——我按时祭祀，它按时流水。

　　在农家，凡有井水处皆有井台，井台一般是石头围砌而成，压住井头与井身，浸出来的水润着石头，这石头上长满青苔。

　　童年的我们对这压井又喜又怕。喜的是，放学回家，从井里压出来的水冰凉可口，解了暑气；怕的是，这压井，每次压水时需要使出全身的力气才能出水。为了压水，须使劲抬这压水杆，然后一纵身，整个身子压在井杆上，腿弹腾着，用尽吃奶的劲压着井杆，它一点一点往下降，这水，缓慢地从井头流了出来，有时候，一不小心，这压井杆就会突然反弹，打在压水人的下巴上，疼痛难忍。

少年的你，肯定也忌惮过这无情之物吧？

那个时候，乡下人的院子里，都会挖一个大坑，是粪池，农家的垃圾都会倒进里面，在井水处挖一条沟，井溢出的水，就会流到这粪坑里，水与杂物混成黑粪。

这粪坑，见证过我的"幸运"。

那年，姐姐和小朋友在院子里玩泥巴，把我放在了一边。那时候我刚学会走路，蹒蹒跚跚来到粪坑边，一不小心，扑通一声掉了下去。姐姐那个时候还不会说话，就在院子里，张着嘴咿咿呀呀地乱喊，恰好叔叔路过，他看见姐姐慌乱的样子，往粪坑里一看，一撮头发漂在水里，叔叔想都没想，一下子跳下去，把我从粪坑里托了出来。自从这件事后，我家的粪坑就被父亲填上了。

这事过后，井水照样流着，不管人间的闲事。为了解决这多余的水，父亲挖了一个深坑，锅盖大小，上面盖几块木板，从此之后，家庭安然，再也没有出现过意外。

到了冬天，这压水井就冻了，为了压出水，母亲烧一壶水，倒进压水井里，一会儿，清澈的井水便缓缓流出。与自来水相比，这压水井出来的水带着温度。春节到了，母亲在井边洗菜、杀鱼、杀鸡，这井水温温的，母亲说，家有压井冬不寒。

或许，压井曾夜夜入梦。

那不是一个简单的压井，那里藏着一个人童年的烟火气息。

直到它被自来水取代后，我才觉得我的童年找不到了，这个院子再也没有了童年的痕迹，薄薄的光阴消逝不见了。

风箱，只为风起时

在农村，只要遇到下雨的日子，就是风箱的天下，风箱声弥漫在雨里。

雨水淋湿了干柴火，烧火成了一个不太容易的活儿，父亲一边用嘴吹着火，一边拉动着风箱，雨里的炊烟很浓。

我喜欢在某一个冬夜，听风箱声与寒风声交织在一起，寒风呼呼地吹，风箱咣当咣当地响，掌管日子的永远是父母。

春夏秋冬，风箱声永不消失，总会催发温暖，让炊烟袅袅升起，让日子里蕴藏着滋味。

风箱之于我家的意义是说不尽的。

没有风箱，就有无数个雨天熄灭了烟火，我们都担心着如何填饱肚子，而自从有了风箱，烧火做饭的日子就轻松多了，这风箱，拉着我家的温饱。

冬夜，没事可干，我就坐在灶台前拉着风箱，父亲往灶里添火。这灶里的暖意环绕着我。我是为了那一层暖才喜欢拉风箱的。

我其实是个懒惰的少年。

寒冬，我承包了拉风箱的活儿，全家人都知道，灶台前最暖和。姐姐们都让着我，她们从不和我争，以至于我霸占了一个冬天。

冬夜，如果父亲还没有回家，我们都待在厨房里等他，灶里的火将要熄灭了，温暖也减了不少。父亲不回来，全家都不能开饭，这是乡下人的规矩，我们一直遵守着。

母亲，去门口望了一次又一次，还是看不见人影，她心里焦急万分。

每年冬天，父亲都赶着驴车去卖大米。

天都黑透了，他才回家。有时候，回来得特别晚，母亲就坐在灯下等他。父亲是一个节俭的人，他这一辈子从不乱花一分钱，每次去镇里，都不舍得买一个烧饼填充一下肚子，总是饿着肚子赶回来。

母亲心疼他，让他吃过饭再回家，又花不了多少钱，可是父亲横竖不说一句话，依然节约着。母亲说的次数多了，或许觉得改变不了父亲的习惯，留饭，成了每天晚上的必修课。每天晚上，我们全家人眼巴巴地等他回来。他和一阵风一起回到村庄，我们欢悦着。这顿饭，全家人吃得特别香。

在父亲外出卖大米的这个冬天，烧火的人变成了我，烧火之后才知道，自己居然掌控不了自认为最轻松的烧火，柴太多，会把火压灭，并且添柴的机会也得掌握分寸，柴放早了，火焰起不来，柴放晚了，火不旺。

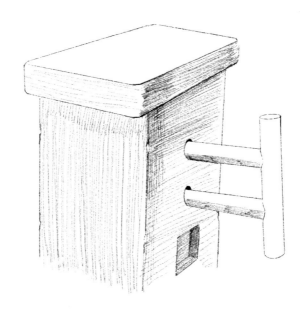

　　有时候，看见火不旺，一个人开始生闷气，不停地拉着风箱，第二天，两个胳膊酸疼。

　　年关，我家的灶台灯火通明。父亲从镇上割回肉，薄薄的，五指宽，母亲割下来一半，剁了饺子馅，剩下的一些全煮了。那个夜晚，我们格外精神。父亲蹲着烧火，我趁母亲不注意，就掀开锅盖，即使这水蒸气烫人，我也急不可耐，一次次去看肉熟了没有。

　　肉的香气在厨房飘荡着，母亲拆了骨头肉，剩下的骨头一人一块，我和姐姐吃了起来，或许乡下最美妙的夜晚，就是这个时候。

　　风箱停了，灶里的火熄灭了，我们心里最温暖的火焰却燃烧起来。肉的香气，让这个夜晚显得如此温暖，全家人其乐融融。

　　童年，最有魅力的声音就是在年关——风箱不停的咣当声。一定有无数个乡下孩子的呼吸声随着这种声音一松一紧。

灶台上的课堂

在乡下，灶台是女人的舞台。

谁家的女人，如果做得一手好饭，会像一阵风似的刮遍整个村庄。

谁家有红白喜事，或者是谁家房子该上梁时，这女人便会被请到家里，做一桌子饭，那些出了一膀子力气的男人，一边吃着，一边夸着好滋味。

这个女人，在一桌好饭里挣足了面子。

在乡村，评价一个女人是否优秀的标准无非就是两个方面：一个是在大地上，看她锄地、收割庄稼的快慢，看她干活是否麻利；另一个就是在灶台，看她的灶台干净与否，做出来的饭菜是否可口。这两方面做好了，一个女人在乡村的名声也就立住了。

乡村里，那些讲究的女人，每次赶集，都会买回来一个小坛子，你看，在灶台的周围，摆满了瓶瓶罐罐，这些东西一个都不能少，有盛油的罐，有放盐的罐。吃完饭，她们擦了又擦，总怕一些灰尘让这些罐子蒙羞。

如果这些罐子上落满灰尘，是一件挺丢面子的事情，这些罐子，代表女人的脸。

灶台上，一口锅，见证了一个女人的本事，煎炸烹炒，全凭经验，有些女人不用心思，做了一辈子饭，也毫无长进。

其实，乡村的厨房虽简陋，可是摆放也不是那么随意，乡村也有各种忌讳，譬如一口灶台，必须靠墙的一角，不能盘踞在屋子的中心，不能正对着厨房门，走出村庄的人，这些都是骨子里丢不掉的东西。

每年腊月二十三，在中国的北方，是小年，人们总会在这一天祭灶。

祭灶，祭祀的仪式不能少。一个人，顺从祖辈走过的道路继续走下去，这么多年，不论人走到哪里，心却一直遵守着流传千古的规矩。

我家的灶台，一直都是家人骨子里最近的地方。我每次站在灶台前，心里想的永远是母亲。

母亲和父亲拌了一辈子嘴，母亲常说，啥时候能在黄泥灶台上贴上瓷砖，厨房就明净了，这样，看着灶台，心也会干净不少。

灶台，收纳过月光，也让炊烟告知这个村庄，烟火盛处，定有人间甚好。

灶台听见过五月布谷鸟的鸣叫，闻见过麦子的清香。每一个灶台，都收拢过一个春天，从野菜疯长到豆角满架。我们在灶台前，见识过母亲贴的玉米锅饼，那一股清香沸腾着乡下少年的夜晚；也看着月光漏下来，照亮母亲的侧影，一个人多像厨房里的一尊神，庇护着我们。

小灶台，大故事。

每一个灶台，都隐藏着一个庭院的兴衰，那些千年的老院子，在某一天，土墙都坍塌了，可是那些故事仍在。你在一间烟熏火燎的灶台前，一定想象过那些日子：院子被黄昏环绕，日子被鸡鸣与狗吠覆盖。

霞光，一片一片，炊烟，一缕一缕，最后合成一个村庄的全部。

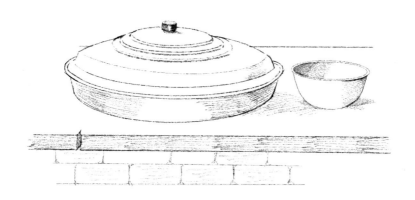

水缸，满满的幸福

在故乡，总有无数缸是属于庭院的。

屋檐下的滴水处总有一口水缸，里面盛着半缸水。总有数不尽的星子倒映在水缸里。在乡下，水就是财，汇水就是汇财。每次下雨，就有不间断的滴水声，一滴接着一滴，滴入水缸里，有时候，我们也在水缸里养几只蝌蚪。

其实，院子里的缸是无用之物。

真正与生活相伴的缸，是厨房里那一口水缸，每天都有人从井里提水，灌满它。

老物件里的旧时光

父亲提水，母亲做饭，成了乡村少年眼中最美的画面。一口水缸，霸占厨房空间的一大片，可是没有人埋怨过它，没有水，厨房便无法催发温暖。

水与人的关系，通过一口水缸连接着。

在厨房，除了水缸，还有面缸、米缸、醋缸。乡村的厨房，是缸的世界，到处充满了关于缸的歌声。

那些年，家里有这么多缸，可是真正被人铭记于心的还是醋缸。每到七八月份，母亲便开始做红薯醋，我家的屋檐下便挂满了曲团，一到下雨，全家人着急忙慌地将曲团摘下来放进屋子，等到天晴，再将其挂到墙上晒太阳。

没有曲团，就没有红薯醋。

乡村智慧真的神奇，我看着母亲将一块又一块红薯变成棕红色的醋，一缸一缸的，在堂屋放着，头遍醋和二遍醋给亲戚家送去，亲情在一壶醋里得以升华。

后来淋的醋，酸度不够——在乡下，我们把做醋叫作淋醋，或许是因为醋像雨水一般淋下来。只是这醋到了结尾处，有点鸡肋，食之无味，弃之可惜，母亲就将它放到缸里。

这是乡村最好的饮料。放学回家，乡下的孩子从缸里舀一瓢醋，咕咚咕咚，喝上几口。一个人的童年与醋有很多关联。

说实话，那些尾声处的醋，酸的成分并不浓烈，人们节省惯了，不舍得浪费它。

每次做面条，母亲都一大瓢一大瓢地往锅里加醋，虽然这样，但还是不够酸。

女人与缸，有太多的接触，米缸、面缸、醋缸，伴随了母亲一辈子。

对于男人，他们生活中唯一的缸，就是酒缸。冬天没事的时候便去酿酒，酿酒程序简单粗糙。对于乡下人来说，有浊酒也就够了，晚饭时喝二两，这日子便格外充实。

那个酒缸，永远属于父亲一个人，不像醋缸，属于我们这个家庭。父亲从不让我们动他的酒缸。有些东西越是不让我们动，我们越觉得好奇。

记得有一次，舅舅来了，母亲做了一桌子的菜，父亲拿出酒，酒足饭饱以后，舅舅要走了，在门口，父亲和舅舅趁着酒劲，不停地拉呱，似乎有说不完的话，我和姐姐趁着他们拉话，就着吃剩下的饭菜，把剩余的酒喝了。

父亲回来时，看我和姐姐趴在桌子上，还以为我们病了，当抱起我要去诊所时，闻见我嘴里一股酒气，才知道我是喝醉了。

那是我人生第一次醉酒，那年，我才十二岁。在童年的记忆里，我丈量过母亲的醋，也丈量过父亲的酒，可是如今，醋缸和酒缸都空着，故事还是那个故事，物却不见了。

每次回家，我都站在它们的身边，看着它们空洞洞的肚子，再无可容纳之物，觉得有些失望，这样的乡村，不像我童年记忆里的乡村。

邮局，连接万家灯火

邮局，盘踞在镇中心的一角。

邮局，也曾温暖过一些人的夜晚。许多人，为了生计，离开村庄，从中原出发，坐上一列绿皮火车，晃荡好几天，去了陕西、新疆。

他们远走他乡，省吃俭用，开启一种陌生的生活，让乡愁夜夜入梦。

在一个陌生地，最惦念的地方就是邮局。

每次写一封信邮递出去，就有了漫长的等待。一个人，可以逃离故乡，却不能没有故乡。他惦念着家里的房子，那个盛满幸福光景的院子，一定值得记忆。家里的地，不会因为他的远走，就少了他的标签，"谁谁家的"，这样的称谓，在村庄一直都在说着。

可喜的是，村里没人忘记他。

当然，他也没有忘记乡村，一封信邮递出去，就知晓村庄的一切，似乎村庄就在他身边。在他的世界里，邮局里存着他的另一个世界。

在他心里，邮局存放的是亲情，是故园东望路漫漫的无奈。

邮局存放的情感太多，爱情的河流，亲情的河流，友情的河流，最后汇集在邮局。

邮局一定会记得，一个女孩去了南方以后，再也没有回来，她一个月寄一次信似乎成了一种习惯。每个月月初，她就会去邮局，颤巍巍递出去一封信。这个女孩从当初的胆怯到最后的淡然，这种成熟，被邮局记在心里。

那个时候，一封信花不了多少钱，信封一毛钱，寄出去几毛钱。白纸、笔，都是自家有的，干净的白纸上，弥漫着一个人的情绪。

孤独、焦灼、忧郁、欣喜、悲伤，在邮局里都有，每一个人走出邮局时的脸色不同，就意味着心情不同。

邮局永远那么平和，像个邻家的大哥。

邮局，是缩小的毛细血管。

它见证过孔雀东南飞，也见证过西部大开发，一封封信，通过邮局散到祖国的各个地方。每次去邮局，看见窗子后面的那张脸，都感觉一种羡慕，我趴在柜台上，一边填写地址一边想：我一定好好学习，将来也能坐在那个椅子上工作！

我羡慕的工作，也有不被人知的艰苦，在偏远地区，一个人的邮局，是一面旗帜。或许，这是关于邮局最为盛大的一面，我们看见它的另一面的光耀，而看不见它的困境。

在我的世界里，邮局永远属于它的中原，属于小镇上所有的人，我们的一切隐秘往事，都通过邮局通向别处。邮局的每一个邮箱里都是那么平静，似乎那些狂热与焦灼，都隐藏在冷冰冰的铁皮箱里。这个黑匣子，容纳着多少故事啊！

那些年，邮局永远保持着一条通道。

一个人，每个月都去一次邮局，或许，那是一个青年与外界的唯一联系。而收到信的那个人与我毫无血缘关系，或许，它来自一本书，一种勇气，随着一封信抵达另一个去处。

邮局替我保守着秘密，这么多年，我的故事一直都丰盈着、新鲜着。

葫芦瓢的草木味

在农村，谁家没有几个葫芦瓢，这日子便不像个日子。葫芦瓢，对应着不同的功用，舀水的水瓢，挖面的面瓢，瓢瓢皆充实。

瓢，一直活在我的童年里。

司空见惯的物，便有些轻视它。光秃的外表，内心如此粗糙，越看越觉得它土气。农人对它的轻视体现在语言里，一个孩子，剃光了头，乡下人便戏谑"剃了个光瓢"。这剃过的光头，明晃晃的，多像一个白花花的葫芦瓢啊！

乡下人过日子比较节省，吃的是地里种的白菜萝卜，用的也是就地取材。譬如，刷锅用的高粱把子、丝瓜瓢，这些都在乡下随处可见。乡下人传承了一代又一代，他们从没有思考过是否有比这更好用的东西，他们骨子里笃定地认为这些器物就是最好用的器物。

一个人一旦认同一种物，就会形成一种偏爱，这种偏爱延续下来就成了一种习惯。乡下女人喜欢与草木有关的事物，突然有一天用了城里时兴的厨具，倒是觉得不顺手了。

当然，为了家里有个水瓢，母亲总在墙根种下一些葫芦

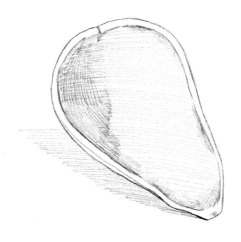

籽，它顺风而长，叶子一天天舒展肥大，然后开出白色的花，结出小葫芦。

起风了，一院子的小葫芦在风中动着，才觉得人间烟火甚好。

或许，万物可亲，是从一个人的偏爱开始。

有时候，坐在葫芦架下读书，读到"短褐穿结，箪瓢屡空"，便觉得这是我们乡下人的生活，器皿和穿戴都是乡下人的样子，一个人读到自己熟悉的区域，便有种说不出来的亲切。

葫芦秧爬上墙，长着长着就翻越墙头，爬到邻居家，邻居往往会淡淡一笑，把这爬过去的葫芦摘去。乡下人不介意，觉得邻里之间，应该大气些、温暖些。

有时候邻居家种葫芦，爬过我家墙头，恰好我家需要新瓢了，也会摘去。

或许，晒几个葫芦备用，这才是乡下人的日子。乡下人过日子，讲究未雨绸缪，或许是穷怕了，喜欢把一切都预备好，即使用不上，有一种东西预备着，也会安心一些。

我家从不缺葫芦瓢，那个时候，家里的水缸上总放一个，放学回家，拿起水瓢，舀一瓢水，咕嘟咕嘟，几大口咽下去，顿时觉得舒服多了，剩下的水，就地一泼，也算给庭院洒了水，晒一会儿，就蒸发干了。

小时候，太馋了，看见母亲晒的葫芦籽，就想抓一把来吃，我认为它一定和南瓜子一样好吃，可是还没到嘴边，母亲便慌张着跑出来，"快放下，吃葫芦籽会长龅牙的"。

我不知道这是一种事实，还是母亲怕我们吃编织的谎言，其实，每次看见乡间女人虔诚的样子，我乐意相信她们说话是真诚的，她们受到的教育，在祖祖辈辈传下的话里。

至于长不长龅牙，似乎她们也不清楚。我看见过小朋友吃了它并没有长出龅牙，但我更愿意相信这是一种对葫芦籽的保护。

葫芦瓢是一种日常的器皿，不可或缺，或许，日常才显得重要，重要才会在乎。

我心里的乡村，一定有几个葫芦在风中摇晃着，一个女人与葫芦瓢相伴一生。

乡村邮递员

在乡村的土路上，总有一个长长的影子。

一个人骑着自行车，驮走了夕阳，驮走了一个晚霞满天的黄昏，直至天黑下来，一个人掉入黑夜里，再也看不见了。

他踏着漆黑的小路，踏着漆黑的夜晚，往镇上走去，他的家在镇上，可是他一年三百六十五天，有三百天穿梭在乡下，他用一双脚丈量着这个小镇的面积。

他熟悉每一个村庄。

谁家的儿子在外工作，谁家的女儿嫁到了远方，谁家的哥哥弟弟出了村庄，他一清二楚。每次去村庄，都能够径直走进那户人家，然后将书信或邮寄的东西送给人家，那个人小心翼翼的样子，接到的似乎不是信，而是一个宝贝。

他是乡村邮递员，或许，人都羡慕他的铁饭碗，可没人知道，无论刮风下雨，他都骑行在乡间小路上，雨水打湿了一个人的中年，冷风吹疼了一个人的青春。

一个乡村邮递员，给予你我的温暖就是及时将远方的消息，像风一样吹进每一个村庄。

他们像一个符号。

穿绿衣服，骑着绿自行车，就连自行车前面的挎包也是绿颜色。他们进村，人们看见一片绿色拥进了村庄，就知道邮递员来了。

有些人家，听见一声接一声清脆的车铃声，然后一个人高声喊了一句"你家的信来了"，接着是跑动的脚步声。

这乡村邮递员与每一个村庄的人都熟悉，即使不熟悉，见的次数多了，也熟络了起来，有时候，他也和收信人聊聊庄稼，聊聊在外工作的亲人。

在中国大地上，黄河岸边的邮递员，大山深处的邮递员，都以一种夸父追日的精神奔走在属于自己职责的路上。我所见的邮递员，都是质朴的人，像村里人一样和蔼。在乡下，这些邮递员很多都是退伍军人。

说实话，邮递员走过多少路，没人知晓；他们脚上磨起过多少血泡，也没有人去关心，人们自然地享受着邮递员给予乡村的温暖。

送信成了邮递员的一种生活，似乎一天不下乡，都觉得浑身不自在。

乡村邮递员一般都有两种身份。他是农民，是在大地上刨食的人；他是国家工作人员，是用一身风雨沟通祖国南北的人。

他知晓农村的每一个细节，知晓农民的每一个精神光片，才更知道邮递的东西代表着什么。

日常的碎片，是一个人最好的时光。

麦忙时分，总有一个人骑着自行车，从扬起灰尘的小路上飞来，一身的绿色夹在金黄的麦浪间，有人知道，远方的资助来了。

忙累了，等着一封信的安慰，等着一些物资的补给，一切都在信里。

如今，邮递员已成了一种让人挥之不去的乡愁。一个人，回味乡村时，总会让邮递员成为文字里故事的一部分。

散落村庄的捶布石

每一条河流，都会流经一个村庄。

河流，是村庄的另一种血脉，它养活着一个村庄。

河流每天流动着，这个村庄的一切安好着，河流带来了养命的水。每一缕炊烟里，都有河流的痕迹，只是它太虚无缥缈，我们看不见。

能看见的是河流。

它的两边有无数捶布石，有无数开阔地带，女人来这里淘菜，来这里洗衣服，皂角的味道，在河边飘荡着。

那些开阔地，是男人饮马的地方，牛羊在此栖息，见证着每一个黄昏的宁静。

捶布石，像乡村贫寒时的符号，日子好过以后，和人闹别扭了，就去河流边看一看那几块捶布石，心情就释然了，或许，当初的苦日子，都在这些捶布石里。

读到"白帝城高急暮砧"，一下子就从白纸上回到那些往事里，一个女人，用棒槌敲打着旧棉衣，敲打着褐衣。那些悠远的棒槌敲打的声音，注定会住进心里，再也走不出来了。

有时候，看着一个人的故事，一个家庭的往事，被流水冲散，一个人关于村庄的味道就这么散了，多年后，我们只在乎乡下孩子是否干净一些，根本没想过一个人的气味就这样不见了，我们穿上新衣，忘记陈旧的自己。

捶布石，总是女人的领地。

她们天一亮就来了这里，一边捶着衣服，一边拉着闲话。其实，在乡村，捶布石是女人的私密地，她们在这里说着自己喜欢的男人，说着自己的生理期。

关于女人的秘密，就是那个时候知晓的，我被母亲带到河边，她们在一起捶布洗衣，让我在旁边玩，我隐隐约约听她们谈私密话题，只是当时不太懂。

当时，来河边捶布的，除了结婚的小媳妇，也有未出嫁的小姑娘，她们一边干活，一边分享生活经验，这些女人讨论的，或许也是她们今后要遇到的，那些未出嫁的姑娘，嘴里不说话，心里却默默记下了。

那个穿红格子衬衫的女孩，不知道去了哪里。

她每次来河边，总是找最远一块捶布石蹲下，然后安静地洗衣，有时候也会调皮地撩一下水花，看着这河面的涟漪，脸上露出了笑容，这一笑，露出了深深的酒窝，这个酒窝让我记住了她。

如今，捶布石还在，可是那个女孩去了哪里，谁也不知，只听说去了南方，后来把她父母都接走了，再也没有回来过。

在乡下，这些捶布石都是属于乡村的。谁来得早，就能占用最好的，大而圆滑；来得晚了，只剩下那些小而粗糙的石头。河边的捶布石，很多都是青石，也不知道它们是从哪里来的。

捶布石，记住了女人们爽朗的笑声。

捶布石可以从捶布声里知晓女人的性格，有些女人，一来到这里，就用力地捶开了，这样的女人是急脾气，能下死力。还有些女人，捶起布来徐而不停，节奏感特强，像掌控着一种音乐，这样的女人多半是腼腆的，干起活来不紧不慢的。

捶布石看似简单，像一块块无用之物，可是谁知道，它多像乡村的活化石啊，记住了乡村的秘密。那个常来洗衣的女人，突然不来了，它知道，这个女人不是离开了这个村庄，就是离开了这个世界。

安静的蓑衣

蓑衣，是时间脱下来的衣服。

它挂在堂屋的墙上，接受着太阳的抚摸，可它知道，属于它的时代已经过去了。在这个村庄，只有父亲喜欢它，只要落雨，父亲就会披起蓑衣。蓑衣知道，属于它的一天终于来了。

它承认自己已经成了一种陈旧的印迹，也不能说它怀才不遇，它曾经也风光过，在属于它的那个时代，田地里、街道上，到处是它的影子。

父亲是一个保守的人，从不轻易改变自己的习惯。这身蓑衣，已经陪伴他很多年了，可是他舍不得扔。父亲说，乡下人这一生长在土地里，只有把手腾出来才能干农活，雨伞把一只手绑住了，没法干活。

有时候，父亲穿着蓑衣，趁着下雨去地里施肥，他说，肥遇见水就化了。

蓑衣和雨水，一生都在对峙。

有雨水，必定有蓑衣，但是有蓑衣不一定有雨水，晴天也会翻晒雨衣。

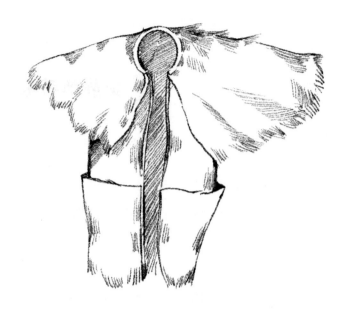

　　父亲离不开他的蓑衣，这里面有一个秘密，后来我才知道。我是一个虚荣心很强的少年，那一年，学校周末放假，天空下着大雨，父亲穿着蓑衣，夹在一群五颜六色的雨伞里，那么显眼，那么土气。

　　看见他向我走来，我突然觉得一种羞愧，嘟囔了一句："下次不要来接我了，我自己回去。"父亲没说话，却知道我生气的真正原因，是他穿的蓑衣让我没面子了。

　　等到送我回校时，雨还没停。他换了一把伞，可是送我到学校时，他的腰以下全湿了。看着他慢慢消失在我的目光之外，我的眼睛竟然湿润了。

那次以后，父亲的膝盖更疼了，多年的关节炎又犯了，我才知晓蓑衣对父亲的意义。

蓑衣，是长在父亲身上的衣服。

蓑衣，是草的表象，还是人的装饰？

这么多年，我一直没弄清楚，总把它当成人的外在之物，一种实用主义的思想从蓑衣抵达雨天，除此之外，我几乎没看过它。

可是在晴天的黄昏中，我穿上它，闻见了干草的气息，才懂得蓑衣的本相是一堆草，一堆从大地上获得营养的草。

只要是草，就有柔软的一面。

蓑衣的柔软，不在于晴天，黄昏那么美，它是个局外人，躺在墙上。它看见黄昏拉长的人影和听见牛羊归来的鸣叫，一种关于村庄的诗意，这么丰富，可是它是缺席的。

一场东风，一阵云，雨就落了，雨落下来的时候，一件蓑衣在呐喊，一万件蓑衣在呐喊，这是一个属于蓑衣的日子，它的柔软，才能从寒雨中抵达我们的身体。

一个人，穿着蓑衣在赶路。

这是农人的模样吧，可是为何它总出现在诗中，独坐垂钓者，雨中赶路人，斗笠如倒悬下来的荷叶，蓑衣如散在时间中的草。

文人喜欢蓑衣，本质上，他们通透之后与村庄同在，与农人无异，如果高高在上，不知蓑衣的悲欢离合，一定是一个不知柴米贵的人，他们的诗歌，一定有太多的隔。

隔，才是人间最远的距离。

读者走不进诗人心里，诗人也不知道读者心里想的，这才是可悲的事。

乡村游戏，人间值得

　　每个人的童年，一定都有一本关于乡村游戏的民间志，或许，多年之后，很多事都忘记了，可这些事情还历历在目，记忆犹新。

　　一个少年，无法忘记寒冬腊月的逼迫。

　　天，真冷啊，伸不出手来，可是孩子天生爱动，待在屋子里闲不住，便跑到院子里。先是追打一会儿，然后男女自动分开，女生去踢毽子、跳皮筋，男生斗拐、跳山羊。

　　在乡村的世界里，男女的游戏还是有所区别的，男生玩的游戏充满力量，女生玩的游戏充满技术。

　　女人跳皮筋，身影晃动，一道道影子旋转在皮筋中间，那些飞翔的姿态像一只只鸟。女人，是天生的艺术家，以大地为舞台，表演着乡间游戏的美学。男生，却像虎豹一样，用一种狂野的美去展示力量，展示男性的野。

　　所有人都拥有有趣的童年，他们的童年一定漂浮在岁月的河流上，河水清澈见底，记忆那么温暖，那么深刻。

　　乡村游戏被很多时间所绑架，譬如黄昏、雨天、寒冬。

黄昏中拉长的，是孩子们奔跑的影子，他们是一群探索者，能钻入任何一种狭窄的空间，譬如棉花堆、麦秸垛，还有那些玉米堆积起来的院墙，里面都藏过孩子的气息。

捉迷藏的故事，离我们并不遥远。似乎这样的故事就发生在昨天，我们是一群还未长大的孩子，我们在黄昏中奔跑，影子被黄昏拉长，最后成为薄薄的光散在村庄里。

寒冬的我们在雪地上堆雪人，我们是一个个行为艺术家，让雪人以各种意想不到的面目出现，人间烟火的童年藏在想象力里。

女孩在不远处，踢着毽子，这游戏是力量与技巧的结合，毽子上下翻飞，鞋底，鞋面，鞋帮，每一个地方都成为毽子助飞的平台，没有女孩，就没有毽子舞动的河流。

雨天的我们躲在屋檐下，女孩在大地上抓石子，一边抓，一边哼着儿歌；男孩则玩链条枪，把炮拆开，把炮药放在里面，扣动扳机，轰的一声，响声在屋檐下涌出，升腾着一股白烟，然后向四周散去。

安静的时候，我们也会看连环画。

那是一个人最为安静的时候，躲在书里面不想出来，一页页急不可耐地翻阅着，急于知道故事的结局。

有时候，也会在地上画出大大的棋盘，玩一些乡村智力游戏。童年的记忆一定安静过，我笃定地认为这些关于乡村的碎片，注定会成为回忆的一部分，并且是带光的那一部分。

一个人坐在窗户下，总是莫名其妙地想起过去，那个滚铁环的少年，在光阴中奔跑，他笨拙的姿态，被光阴烙在大地上。

陀螺声响的乡村，是一个人最为快乐的时光。一把抽空棉花骨头的鞭子，一把抽空苘麻骨头的鞭子，都是乡村最好的陪伴。

陀螺声声，那些落在大地上的鞭声，也曾滋养过一个少年贫瘠的生活，可是日子波澜不惊之下，是一个时代吹拂过的故事。

没有一个少年缺失故事，他们都是乡村游戏中的王，被时间戴上的王冠，如今也不知道丢在何处，只剩下一声感叹。

乡村游戏，人间值得

弯弯的扁担，不弯的脊梁

乡村，少不了扁担的影子，我笃定地这么认为。

一口井，在村子中央，一个辘轳，一条绳子，一根根扁担，组合成乡村最古老的歌谣。

父亲总给我灌输他过去的生活，让我误认为那些日子太有诗意，时常羡慕着。一个人，摇动辘轳，汲水于桶，一根扁担，晃晃悠悠地担着两个桶，扁担见证着一个时代。每次我这样去描述它，似乎有一种美不胜收的感觉，我所生活的乡下似乎一直都是田园之所，多了一些美好，少了一种苦难的真实图景。

直到有一天，我们在菜园种下菜苗，需要浇水保墒，父亲让我拿扁担去河边担水回来，我哼着歌走了，认为这样的工作太轻松了。

我在河边把水打满，将扁担放在肩膀上，然后直腰、用力，居然晃悠了起来。我愈发轻视它，可是走了不到两步，觉得把握不了平衡，桶里的水不停地向外溢，走两步，就需要停下来，重新调整一下位置，这个时候才觉得用扁担担水是如此不容易。

当我跟跟跄跄走到菜园时，桶里的水只剩下半桶，我看着少得可怜的水，感觉脸在发烫，是生活这本大书告诉我，扁担上悬挂的生活是那么不易。每次看见父亲担水，他走得那么稳，如履平地。可是我担水的时候，却如走在一条羊肠小路，晃晃悠悠，摇摇晃晃。

扁担如此简陋，却体现出来大用。

在乡下，许多人去镇上，那个时候没有自行车，扛根扁担就走了。到了镇上，把柴米油盐置买齐，扁担一担，一头装的是葱，另一头是年货。走路晃晃悠悠，一个人的影子在路上。这是我第一次对扁担充满感谢，一根木头，挑起生活，这多么幸福。

我家的扁担，一年四季都放在门后，随时可用。每一缕炊烟里，都有扁担挑柴的故事。一个人，从远处归来，把大地上的干柴送到灶台前，烟熏火燎的生活是属于我们的。

这根扁担，上面沾满了生活的灰尘。

爷爷常说，这一根扁担是他去城里买的，走了十里夜路带回来的。

一根扁担从城里回来之后，就变成了农具的一部分，它和镰刀、锄头一样，陪伴着我们贫瘠的生活，可是扁担和别的农具不同，爷爷说，当初的中原，狼多，爷爷用这根扁担与狼对峙过，它的身上有狼的恐惧。我似乎看见爷爷一扁担打在狼身上的样子，一匹狼负伤而走，留下一声长号。

一根木头靠在墙上，它不会说话，我们轻视过它，可谁知道，那些年，扁担与生活达成的和解，让生活轻而易举化解着各种矛盾。

　　爷爷是个灌菜人，父亲也是个灌菜人。

　　这么多年，故乡的菜地总有一根扁担，一双有力的肩膀，一根扁担在大地上晃动着。

　　或许，乡下人随处可见的扁担，一定不会夜夜入梦，我知道，一个人是容易健忘的。一根扁担的回忆，是关于这个乡村的人情与生活，我们要在多年之后感谢那根扁担。

人情世故的秤

人情上的乡村，是以一杆秤为中心的。

那时候，整个村庄只有一杆秤，谁家买东西，就跑到村西头有成叔家，借来秤，过了秤之后才觉得心安一些。

没有秤托底，总感觉买东西会吃亏。

村东头的黑娃，种了一园子西瓜，一到西瓜开园，人来人往，黑娃用刀杀开几个西瓜，招呼老少爷儿们来吃，吃了瓜，不好意思空手走，必须买几个西瓜。

黑娃用的秤，也是有成叔家的。黑娃站在秤前，秤高高的。其实，这秤里不仅仅是商业利益，更多的是人情世故，是村子里的冷暖。

有成叔家的秤，是一杆可以称得起五十斤的大秤。这杆秤，使用权归全村，所有权归有成叔，谁家卖个猪崽，谁家卖棉花，谁家卖点蔬菜，都来借这杆秤，似乎只要有了这杆秤，人的心里才有底气一些。

有成叔，用一杆秤外交，在村里人缘好，无论谁提起他都伸大拇指。他儿子的婚事自然也顺利些，这就是一杆秤给予他

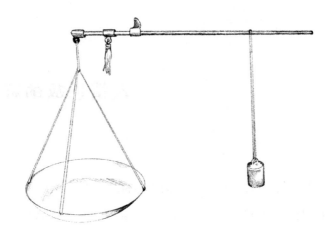

家的恩施。

但是乡村也有一些人，把家里的珍贵东西藏起来，不给别人借，独乐乐不如众乐乐，这话，那些人不懂，这句话只有有成叔懂。

记得小时候，家里种了三亩西红柿，到了麦忙时分，西红柿红了。中午，来我家买西红柿的人很多，父亲说，去你有成叔家把秤借来。我来到有成叔家门口，敲了敲门，颤巍巍地递进去一句话："叔，我爸让我借您家的秤。"我看到的是一脸的微笑，然后是递过来的一杆秤。

关于一杆秤与一个人的印象，从此在我心里留下了。每次想起有成叔，就想起那一脸的微笑，觉得特别温暖。

上大学后的一年暑假，我回故乡，突然听到有成叔去世了。我买了几张黄纸，在他的灵堂前烧了，那个时候竟然泪如雨下，或许，内心想起来的，是有成叔留给村庄的那个迷人的微笑。

村庄越来越富有，秤越来越多，可是，我总觉得故乡缺失了一杆去称称村庄人心的秤。

在我的童年时代，有成叔家的秤，能秤出来村庄的人心，只要这杆秤在，村庄就不会浮躁，人心就清澈见底。

秤的功用，就是斤斤计较，可是在我的村庄，是有成叔改变了它，让它与村庄的人心相合，一些温暖的故事全在一杆秤里。

有成叔去世后，那杆秤再也没有见过。

一杆秤，一个秤砣，再也激发不了生活的波澜，可是每次想起童年时代，一定有一杆秤写满村庄的故事。

卖苹果的人来了，我一路小跑，跑到有成叔家；卖梨的人来了，我又是一路小跑，跑到有成叔家；卖橘子的人来了，我还是一路小跑，跑到有成叔家；卖西瓜的人来了，我仍旧一路小跑，跑到有成叔家。

我的童年与一个名字绑在一起。

如今，秤再也不见了，可是有成叔的故事仍在我的白纸上活着。我无限回忆那些日子，一个人躲在秤的背后，回味着村庄，回味着诸多人良善的品行。

精明的算盘

乡村的夜晚安静，只有噼噼啪啪拨打算盘的声音响着。

父亲听见声音，笑着对我说："你二爷还没睡觉，又在算账。"

二爷有一肚子学问，打得一手好算盘，由于出身不好，一辈子孤苦伶仃。

20 世纪 50 年代，村里有了代销点，需要一个账房先生，二爷就被请去了。二爷做事严谨，账做得清清白白。

没事的时候，我常去代销点看二爷打算盘，只见他双手翻

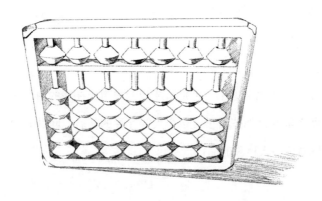

飞，算盘珠子拨得哗哗响，无论你买多少东西，他噼噼啪啪，顷刻之间价格就算好了。

我羡慕这个小玩意儿，那么小，竟然能把天底下的数字梳理得那么明白，我对算盘有了不一样的情感，有时候想，我如果学会打算盘，该有多神气啊！

上小学三年级的时候，学校开始学算盘，我把家里挂着的算盘带到学校，父亲很神圣地把它交给我，希望我以后能找个会计工作，也当个账房先生。

在村里，会计永远是乡村的二把手，大队支书一般兼任村长，会计是管账的，村里有了这两个人，也就算有了领导班子。

可惜的是我对算盘似乎不得要领，手笨得像脚一样，在拨弄算珠的时候慢得惊人，父亲好像也看出来我不是当会计的料，长叹一声，似乎认命了。

尽管我学不会算盘，可是我喜欢看别人打算盘，那个时候，打算盘在别人眼里是一种智慧，是个聪明人。

二爷就是我们眼里的聪明人，无论干啥事，一学就会，是村里的百事通。

那个时候，粮站、棉花厂、供销社，都有算账先生，拿一把算盘，一支笔，一个本子，似乎有了这些就足够了。

算盘，是一个世界。里面，是数字的世界。我们常认为，算盘是一个宇宙乾坤，一个人，能在算珠里上下翻飞，多像一个艺术家。

我笃定，会打算盘的二爷是乡村最早的行为艺术家，他闭上眼，就能把账算得明明白白。曾经二爷和人打赌，闭上眼就能算对加减，别人说数，他闭眼打着算盘，那是乡村最有趣的佳话，多少年过去了，这个故事仍在村庄流行着。

我多么渴望自己成为二爷那样的人。

父亲也常说，算盘一响，黄金万两，这算盘里，盘踞着一个数字的世界。

只要把数字弄好了，一个人的世界就敞开了，可是许多人能记得清数字，却屏蔽不了内心的欲望。许多会计算盘打得清清楚楚，可是账做得一塌糊涂，最后被抓进监狱，关进一个狭小的地方。

在乡村，一个少年对算盘无比羡慕。

每当夜深人静的时候，我似乎听见一个少年在教室里背诵"一上一，二上二""一下五去四""一去九进一"，我背得滚瓜烂熟，可是运用时却不会算了，或许，这是我的乡村岁月里最为鲜活的一笔。

朴素的托盘

在乡村，托盘是大用之物。

平时，它就静默在一个角落，只有红白喜事或者家里来了尊贵的客人，托盘才算有了用武之地。

乡村是人情世故里的乡村。

谁家娶媳妇了，一个家族的人都去帮忙，男人坐在一起，吸着烟，谈着明天的计划与行程；女人，自动去厨房帮忙，择菜、洗刷、切菜，分工明确具体。

我们这些小青年，自然就是端着托盘上菜的人，这一天，我们跑前跑后，腿酸疼得似乎不是自己的。

乡下用的托盘是那种木质的，托面光光的，涂着红色，看起来很喜庆。一个人，托着它，犹如托着一个乡村世界的人情冷暖。

我第一次用托盘是我堂哥结婚，我去帮忙端菜，执事人给我一个托盘。

第一次用它，竟然端不平稳，菜汤稀稀拉拉地流下来，弄得我全身都是，来来回回走了几趟，才掌握了诀窍，双手平端，掌握着平衡，小步快走。

刚开始上桌的菜，全是凉菜，先是素菜，再是杂碎，热菜还没上全，乡村的酒杯已经觥筹交错，划拳声此起彼伏。等到热菜上来的时候，有些人已经喝得晕晕乎乎了，乡下人喝酒快，几杯酒下肚酒胆就上来了，不停地碰杯，菜已经吃不动了。

等到鱼上来的时候，乡村宴席已经开始进入最热闹的时候，一杯接一杯，这一轮酒下肚，已经有人趴桌子上睡着了，还响起了呼噜声。

鸡蛋汤上来的时候，白馒头也开始上了，在乡村有个讲究，鸡蛋汤最后一个上，它一上，也就意味着散场了，鸡蛋汤，在乡村有个恶名：滚蛋汤。

等客人走后，新人也开始拜天地了。

托盘上放一张四四方方的红纸，里面放上茶，新媳妇给公公婆婆敬茶。这个时候，托盘也是喜庆的，它见证了一对新人羞涩的模样。在乡村，婚丧嫁娶，才算人间最隆重的事情，这

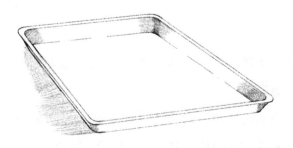

个事属于乡村的大事。

我家也有一个托盘，是父亲做的。父亲是个木匠，一辈子与木头打交道，他做托盘的时候，刨花了一遍又一遍。

有时候我在想，如果没有托盘，乡村也就缺少了故事。

那个时候，一个人趴在灯下读《刺客列传》，看到鱼肠剑的故事，我想，一个托盘必不可少，一条鱼必不可少，一把匕首必不可少。

或许，托盘上的重量，只有那个人知道，看似轻飘飘的，实则是一个国家的命。

一种智慧就平铺在托盘上，一把剑就隐藏在鱼身里，中国故事的背后一定有一个秘密，那是无数次丈量后的结果。

过年的时候，无论去谁家，桌子上总会放一个托盘，里面撒满瓜子糖果，跟着父亲给长辈拜年时，吃一会儿瓜子拉一会儿话，这个年过得格外有意思。

托盘里藏着的是一种礼节，它包含着诸多人情世故。

托盘带着新年的喜庆，躺在桌子上，等待着人前来。在新年与一个托盘相遇，我似乎格外精神，仿佛看见一个世俗的世界饱含浓浓亲情。

碗柜，只为人间干净

乡村的厨房里，总有一个碗柜。

它收纳着一个女人一生的辛劳，碗柜多为双层，上面一层放的是碗和碟子，下面一层放的是勺子、笊篱和洗刷用具。

我家的碗柜不高，分为上、下两部分，上面的是喜鹊蹲在梅花的枝头上，梅花朵朵开，下半部分两扇门，左边的门上画着牡丹，右边的门上画的是荷花，这些明艳的花，在灰暗的厨房里显得那么有生机。

一种美驻扎在我的心里。

每次烧火时，我都能看见那几朵牡丹花，它像两片燃烧的火焰，在我童年里燃烧着，看见碗柜上荷花的红，就想起乡村的火烧云，那种红了半边天的感觉，真美好。

有时候，一个人坐在厨房里，一边烧火，一边对着那牡丹和荷花发呆，锅里的火熄灭了，才着急忙慌地往锅底添柴火。

母亲常说我眯瞪了，一个人怎么像丢了魂一样，说实话，每次看见那牡丹和荷花，我的灵魂犹如出窍一般，心早就飞到牡丹盛开的洛阳，飞到荷花盛开的西湖，一种关于审美的趣味

也在童年里滋生。

　　记得有一次雨天，我在灶台前读周敦颐的《爱莲说》，突然觉得那荷花如此纯洁，像乡村的人那么干净，我没有想到的是，一个少年困囿于乡村却从未丢失关于美的趣味。

　　这个厨房，虽然质朴，但它给予我的世界如此广阔，一个灶台，通过炊烟连接外面的世界，五谷让我们长出气力，一个少年才能走向更远的地方。

　　这个空间狭窄，思想的世界却无限大，一个人，在这里看见了荷花，看见了牡丹，看见了家里的碗碟。家里的碗都是白瓷的，这些碗经历过火的淬炼，才顺着小路来到中原。这白瓷，让我想起中国的远处，那些与瓷有关的地方。

我顺着瓷的线索，找到了景德镇，找到了汝窑，这是一个人永远不停歇的秘密。我时常在想，一个人最终会在大地走完自己的一生，像白瓷碗一样，被人遗忘在时间里。

在这个厨房里，我似乎得到了一些启迪，一个人的起点低到尘埃就没有什么可怕了。这么简陋的厨房，竟然有一个漂亮的碗柜，里面掌管烟火的是一个善良的母亲，遇见苦难时，想想家里的厨房，又会重新审视自己。

说实话，母亲的理想简单，就是拥有一个明净的厨房，这烟熏火燎的生活让她生厌，这乌黑的房顶，黑得发亮，似乎要浸出油来。

乡下人，在贫穷中并没有泯灭对于美好的追求，我的父亲做出来一个这么漂亮的碗柜，然后一个人构图，一个人刷漆，用了半个月的时间，把一种美好种在我的心里。

每一个人的心里都有一个碗柜，碗柜在乡村是一个常见之物，并没有什么独特，可是我家的碗柜，对于一个人的影响竟然这么大，这是我始料未及的。

我看见上面的图案，想到了漫无边际的荷，我只知道是一种植物，后来顺着它才知道白洋淀，才知道江南采莲，才知道无数首诗打通一个人闭塞的思想，让一个人更加向往另一个高处。

"碗柜还是碗柜，碗柜又不是碗柜。"这是一个人，用了一生的时间思考出来的结论。

木箱的秘密

村庄里的木箱，锁着一个人的秘密。

童年的我，总能看到一个木箱，可是一把锁，将箱子里的秘密锁了起来。

在乡村，每一户人家都会有一个木箱，摆放在床头的位置。这木箱，有的是女孩嫁过来的陪嫁物，有些是成家后请木匠师傅做的，不管它来自何处，都锁着很多秘密。

我家的木箱里常常存放着一些布，也有父母的结婚证、买地的地契、家里的存折、孩子的各种证书、童年的那些老照片。

这些东西，我是在多年以后才知道的。

小时候，总觉得木箱里有很多宝贝，父母从不让我们看里面的东西，他们从木箱里拿东西，也总是趁我们不在的时候。愈是这样，我愈是好奇，很多时候想看个究竟，可是一把锁，让我们只能远观，只能猜想。

我觉得这木箱一定像杜十娘的百宝箱，藏着金银财宝。有时候，我展开想象，觉得我家里有很多钱，而父母却像电视剧里那些抠门的老财主，不舍得让我们吃。

有时候，莫名其妙地就会对父母生气，嫌弃乡村寡淡无味的生活，一年到头，吃得如此单调，冬春是腌制的菜，夏秋吃母亲做的西瓜酱、面酱和辣椒酱。

母亲有时候也能感受到我的情绪，可是依旧按照自己的打算过日子。乡村这本大书，不经受苦难，是不知道柴米贵的。

日子，就这样过着，平静得像一池春水，毫无波澜。打破这一池春水的时刻，是在那个下午。母亲打开那把锁去拿一些钱，可能事情比较急迫，忘了锁上。放学回家的我，看见木箱上的锁开着，就打开木箱偷偷摸摸地看，生怕漏掉了每一处细节，那个时候，才觉得木箱里的秘密要揭晓了，竟然有点激动。可是，翻来翻去，除了布，一个木盒子，里面藏着存款收据，钱不多，这多少让我大失所望，原来我们家确实穷得叮当响，唯一值钱的就是一块手表，我偷偷地将它拿走，然后把木箱合上，一个人跑出院子，找小伙伴玩去了。

我戴着手表的神奇模样，让各位小伙伴羡慕极了，那时候，我才八岁，刚上一年级，不懂事，被村里一个人用一块糖和一包麻辣片将手表换走了。

过了几年，父亲发现他的手表不见了，就询问我们谁拿了，姐姐和我都不出声，只是我的脸色通红，脑门子冒了汗，父亲把我绑起来要揍我，我才说了实情。但当他去那个人家要的时候，人家不承认这件事，也只能作罢。

从此以后，我每次看见木箱，都感觉一阵羞愧，一个人的

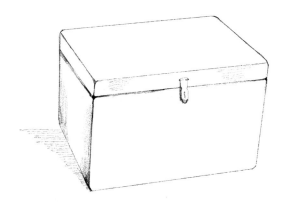

贼心，是多么强烈。另外，还有更深一层的羞愧，那就是一个少年傻得可怜，被一块糖和一包麻辣片就骗走了值几十块钱的手表。或许，那个时候，木箱成了我生命里最为重要的刑具，每一天，都在我心里施刑。

木箱里的秘密越来越少了，自从父亲去世后，属于我们姐弟的证书也被我们带走了，里面只剩下母亲织的布和一些没有用的票据。

那个在我生命里一直存在着的木箱，随着岁月的流逝变得越来越不重要。

在一个少年眼中，曾经的它是家里最为神圣的器物，里面存放着一家人的希望和许多秘密，此刻，它那么空，变得可有可无。

粪勺子，简陋的旧物

乡村干净的一面，都在我们的文字里，我们去歌颂它，可是提起粪坑，这个丑陋的事物，似乎没有人愿意去为它们写下文字。

在故乡，大地净化的功能一直都值得赞美，我们把生活中最污浊的一面都扔给它，让它还给我们一个干净的村庄。

我们排泄出来的屎尿，深藏不露，它们躲在大地里，一个砖砌的池子，藏着一个庭院的秘密。可是，旁边的粪勺出卖了它，让它成为被人轻视的地方。

清晨，本应空气清新，可是因为早起的人掏粪，让这个村庄充满了臭味，掏粪人站在厕所的后面，揭开一块石头，然后用那种长柄的粪勺去掏，一勺，一勺，将粪桶灌满，一个人，用扁担一担，就晃晃悠悠地走出了村庄。地面上，稀稀拉拉，落下一条细线，乌黑，散发臭的气息。

村人，不嫌弃村庄，也不嫌弃这些屎尿，他们担到地里，用另一个小粪勺，开始一勺一勺地浇菜，或许，这种臭与泥土融在一起了，它的臭味，也摊在大地上。每一个经过的人，捏着鼻子，可是一场大雨之后，臭味都散了，只剩下青菜茁壮地生长，只剩下青菜的气息在村庄里飘荡。

这是一个乡村的真实往事。一个人，可以没有回忆，但是不能没有童年，童年所植入的故事，如此鲜活。

村庄以清晨开始，以黄昏结束。

不是每一个清晨都以这种方式开头的，掏粪的人，毕竟是少数。

村庄里也有讲究的人，越是干净，或许对村庄造成的伤害越大。他们干净惯了，见不得粪在坑里积攒，十天半个月就掏一次，搞得整个村庄都飘荡着一种臭的气息。

一个人，掏完粪，也轻松了一大截。

在乡村，我见识过牛粪，稀稀拉拉，带着青草的残留；见识过羊粪，黑黑的，圆圆的。它们似乎都不是太臭，或许，吃青草的物种，排泄出来的污垢，远没有吃杂食的人类更污染空气，这是我童年所知道的教育。

那个时候，一些吃素的女人，常常对我们说：不要杀生，多一些善。我们哪里能听得进，我们对于肉的向往如此迫切。

或许，在屎尿的面前，我们终于知晓吃素的好处了，一个人，多吃素，才能保持着一种净化。或许，于肠胃，于人生，都是如此。

我的童年里，美好与丑恶同在，一个人对于世界的认识总是带着一种偏见。

每次看见粪勺，总觉得不洁，可是它就是一个物啊！它的本质，就是一根木棍和几块木板的组合，无所谓臭与不臭。

是我们的生活玷污了它，让它带着一种不美好的气息，每一个人看见它，似乎都想起那些掏粪的瞬间，或许，在乡村，掏粪也是生活的一部分，人也司空见惯了。

只有我们这些五谷不分的人，嫌弃着它的过去和现在，或许，这个人，在村庄里，再也不是一个落叶归根的人了。

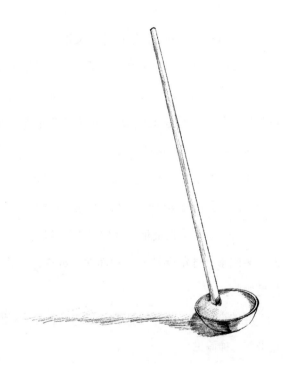

鸡罩笼的记忆

在乡下，我总觉得鸡罩笼和馍筐相似，只不过一个口向上，向往天空的怀抱；另一个口向下，紧紧地贴着大地。

天空与大地，永远是我们生活的两个维度。一个少年，惊喜于天空中盛大的帷幕，也从未走出过辽阔的大地，在他的眼中，天空和大地一样，都是无限敞开的。

可是，鸡罩笼却是另一个世界。

它疆域狭小，一只鸡被放在里面，犹如一个人被关进了囚笼，或许，能看见星辰与月亮，却走不出这个区域。

我不知道，鸡仔们是如何度过那些日日夜夜的，日复一日，年复一年，走不出巴掌大的一片天。或许，一种绝望是不是在鸡的世界里生发，可我眼中的鸡仔，却充满了希望。

它们向往外面的世界，但是被关久了，它们也缺少对外界的安全感。我目睹了一只鸡被放出鸡罩笼之后是多么的不适应啊！它看庭院中的人，或是庭院中的猫与狗，都觉得可怕，它在鸡罩笼外徘徊，企图回到里面，那个它认可的安全地方。

一种生灵被关久了，也就失去了向往天空的欲望。但是我们却不一样，我们在乡下这么多年，却一直向往城市。

我的童年和鸡仔的童年一起相视过，它在鸡罩笼里吃饭、喝水，我在鸡罩笼外吃饭喝水，似乎我比它自由些，可是在它的眼里未必如此。

我一直活在这片大地上，祖辈一直都没走出过村庄，这个村庄的空间其实就像个鸡罩笼，罩住了他们的一生，我也在这个鸡罩笼内，但是我不想自己像这些鸡仔一样。

我每天的任务是给它们喂食倒水。刚开始的时候，一打开鸡罩笼，它们就跑了出来，我着急忙慌地去赶它们回来，有些跑得远了，需要捉回来，有时候，一不小心会踩中一只，它躺在地上，似乎要死了，可一会儿却站了起来，看它活了过来，心里也少了罪孽感。

或许，内心的罪孽是看不见的，自认为没有罪孽的时候，我的罪孽或许刚刚开始。这些鸡，被我这样圈养着，等过了一段时间，放它们出来，它们竟然不动了，有些走出鸡罩笼，活动几下，又跑回来了。是啊，我在它们的记忆里誊写着"规矩"二字，这种无形的东西让它们如此相信，它们生命中的童年，硬是被我弄得缺少了活力。

一只鸡，本该在院子里到处跑，是人的欲望，怕它们被黄鼠狼吃掉，怕它们把院子弄脏，它们一直被一只鸡罩笼关着。

当它们长出翅膀的时候，母亲说，它们大了，也该学会独立生活了，这句话，是对鸡说的，又似乎是对我说的。我把鸡罩笼拿去，这些鸡开始飞翔，它们翅膀一扇，就飞上枝头了，可是我的鸡罩笼仍在，我什么时候能逃出村庄，像它们一样栖息于高处呢？

多年后，我走出了村庄，可是却又无限渴望回归，似乎鸡罩笼的村庄有着无尽的魔力，我像这些小鸡一样，在鸡罩笼里散步，在鸡罩笼里卧着，看一个村庄的日常。

鸡罩笼，躺在故乡的一角，可是我心里的鸡罩笼，一直都在。

我童年的大雪，是下在鸡罩笼大的村庄。一个人在庭院里，拿着罩鸡的鸡罩笼，用棍支起，在棍的一端绑一条绳子，在鸡罩笼鸡里撒一些玉米粒，我躲在暗处，看斑鸠进来觅食，一拉棍子，鸡罩笼应声而落，一个斑鸠被罩在里面。那个时候，

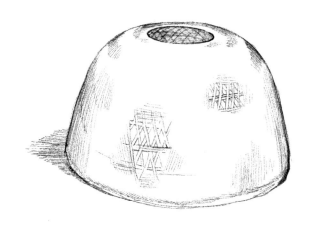

我们只觉得童年的快乐，从不考虑鸡罩笼的凶器属性。

如今，它再也没有用了，像一个英雄气短的人趴在村庄里，或许，它渴望我们回归，与我们对视，再温习一下童年的往事。

只要它没有散架，我的童年就在，这么多年，我一直感激一只鸡罩笼对于我童年的意义，一直觉得它的身上，有我童年的影子。

蒜臼：滋味一方

年关回家，看见老院子已经衰败不堪，很多老物件已经腐朽，布满了蜘蛛网，厨房里，碗碟落满了灰尘，一种冷清向我迫近。

我一眼看见的，是一个蒜臼。

或许，一种往事在一瞬间拉开了序幕，人间烟火最好的一面，全被它见证过了。

小时候，家里穷，每次拌凉菜，有了捣蒜泥的活儿，母亲总让我去干，或许，对于年幼的我来说，这是力所能及的事。

那时候，家里没有蒜臼，就在瓷碗里捣，一捣，蒜瓣就蹦出来，洗干净再放进去，再接着捣，用手掌盖住碗口，尽量挡住它逃窜出来。

因为捣蒜泥，我曾弄烂过两个瓷碗，那时候家里穷，缺吃少穿的，一个碗很金贵。碗碎了，被母亲狠狠骂了一顿，从此以后，我对捣蒜这个活儿有了阴影，每次捣蒜泥时都战战兢兢。

或许，我的心思全写在脸上，父亲很容易察觉到。有一天，他从镇上的集市买了一个木头的蒜臼，光滑细腻，一股木

头的清香。

　　此后，我再也不用担心把碗打烂了。每次母亲做饭时，我自告奋勇地去承包捣蒜的活儿，母亲也很高兴，说我懂事了。

　　这个蒜臼，从我小学五年级开始，一直用到我高中毕业，母亲都没舍得换。

　　父亲说："这个蒜臼太旧了，换个新的吧。"母亲沉默不语，就是不点头。

　　蒜臼，身子乌黑，时间的光阴让它更有光泽，与刚来时相比，多了一种成熟，早就看不见那种木头的纹理了，只有乌黑的故事。

　　每次用完，母亲都仔细洗它，可是这层乌黑似乎是它的皮肤，怎么也洗不下来，乌黑乌黑的，看着不是那么美丽。

我注视着这个蒜臼，它给我的童年增加了多少故事啊！或许，它与我之间，有了诸多不可告人的秘密，我童年的贪吃，它都知道。

那个初夏，黄瓜刚起刺，我就踏着晨露去摘了几根回家，自己动手捣蒜，然后学着母亲的样子，把黄瓜放在案板上一拍，蒜泥一浇，调料一拌，一天的美好从早晨开始、从一根拍黄瓜开始。

一个人，记住了那个清晨。

或许，这么多年来，我所见的清晨大致相同，少了一种往事，而那天的清晨，一个人那么勤快，把一个人贪吃的本相扔在了那里。

这么多年来，每次捣蒜泥时，总会莫名其妙地想起那个清晨，一个少年、一缕炊烟和一个舌尖上的乡村。

再热一些的时候，麦子就黄了。

麦收季节，天太热，什么都吃不下去，这个时候最好吃的就是凉面条，煮熟，过凉水，开始弄卤，韭菜鸡蛋、榆钱芽、苋菜。

这些都是配角，在乡村，捞凉面的点睛之笔就是那一勺蒜，我自然是那个捣蒜泥的人，姐姐们端着碗，等着我快点把蒜泥捣好，越是着急，愈发觉得捣得比平时慢多了。

当蒜臼里的蒜泥好了，他们一起用勺子往碗里拨，似乎碗里少一些蒜泥，这个捞面的滋味就少了些许滋味。

　　我站在老院子里，看到这个蒜臼，思绪回到了久远的童年，一个热闹的院子，一个少年捣蒜的样子，还那么清晰。

　　此刻，它荒凉着，木讷着，和当初一样，它乌黑的身上，吹拂过我童年的风。

　　人都走了，只剩下它坚守着这个院子。

躲在一侧的鸡窝

在农村，每一个农户人家，都会在窗户上绑一个废弃的竹编篮子，里面铺一些干草。

虽然每一户的庭院不同，格局分布不同，但是鸡窝大多雷同，似乎这种方式简单方便，易操作。鸡窝过高，不易查看；鸡窝过低，鸡容易被黄鼠狼给吃了。放在窗台上，人离它较近，如果黄鼠狼来，人就能听到，便大声呵斥，赶走它们。

从我记事起，我家的窗台上就有一个鸡窝，可是它的位置从来没有变过，唯一变化的，就是竹篮换了一个又一个。

乡下人，干事情执着，认死理，似乎放在这个位置，就不想再挪窝了。

如果换个地方，鸡可能就找不到窝了，再说，重新换一个位置，即使每天把鸡抱进新鸡窝，它也不习惯。鸡和人一样，对于陌生环境，是不习惯的。

有时候，我常常在想，一个母鸡换了鸡窝，是不是就生不出蛋来了。或许，农村人把鸡当成家庭的一部分来看待，考虑它们的心理感受。从一个鸡窝，可以窥见一个人的良善。

鸡窝之于家里的意义，是隐形的，它不像地里的小麦、棉花，卖了，就是一笔大钱，可以存起来，鸡蛋要慢慢积攒，多了就拿到集市上卖掉，换些油盐酱醋回来。

在我的童年回忆里，我家从没有少过十只鸡，可是童年的我，很少吃鸡下的蛋，不是不爱吃，是母亲不舍得给我们吃，她考虑的是家里的盐和酱油，她把日子的细水长流放在第一位。小时候，我不喜欢母亲的节省，总觉得她让我们的童年缺吃少喝，可是在村里人的眼里，母亲是一个会过日子的人。

吃不起鸡蛋，便生出恨意，有时候，我趁母亲不注意，就会踮着脚尖把手伸进鸡窝，拿一个鸡蛋出来，然后装进衣兜，偷偷地上学去了。这一个鸡蛋，可以生喝，也可以拿到学校门口的小卖部换一些麻辣片和酸梅粉。

小时候，两个同学约定好，每人从家里偷一个鸡蛋出来，然后在鸡蛋壳上打一个小孔，两个人开始比赛，看谁喝得快。

两个人，喝过鸡蛋，用袖子一抹嘴，就跑到教室上课去了。

小时候，以为母亲不知道我偷鸡蛋。直到我上了大学，有一年回家，说起往事，母亲嘿嘿一笑说："我咋能不知道呢？鸡窝里要放一个引蛋，鸡才能不停地下蛋，你把我放进去的引蛋都拿走了！"我顿时感到一种乡村智慧，为了给鸡一种安全的氛围，时常放一个鸡蛋，鸡进窝，看见了鸡蛋便觉得安全了。

其实，对于在窗台上放一个鸡窝，我对父母意见很大，一是味道不好闻；二是有时候到了周末，想睡个懒觉，这鸡就咯咯地叫开了，一下子睡意全无，对着鸡，就是一阵追赶，看它飞出院墙，才觉得解恨些。

鸡窝，是鸡的产房。

晚上，它们一般会飞上枝头，只有下蛋时，才去鸡窝。可是乡下人对鸡窝充满了一种感谢，它曾温暖了我们的生活。

关于和鸡窝的故事，在我身上似乎也有另外一个版本，并不是很温馨，甚至充满了恐惧。

记得有一年，母亲让我去鸡窝里捡鸡蛋，我踮着脚尖去摸，一个，两个，突然摸到一个冰凉的东西，我拿出来一看，是一条黑花蛇，吓得我把手里拿着的两个鸡蛋都扔了，黄黄的，

流了一地，母亲听见我大声哭叫的声音，还不知道发生了什么。等到她出来看见蛇时，把我紧紧抱在怀里。那是童年第一次对鸡窝充满了恐惧。

没有鸡窝，就没有一个人丰富多彩的童年，更没有一个人读懂那个时代的生活变迁，是生活让我们记住了苦难，记住了贫穷。

在童年的知识架构中，乡村的那一部分如此鲜活，这么多年过去了，它不仅没有消亡，甚至时时刻刻出现在我的梦境里。

一把陈旧的熨斗

    每个村庄，都有一两个穿着讲究的人：无论任何时候出门，都是皮鞋锃亮，头发笔直，身上的中山装没有一丝褶皱。中山装的前面是四个衣兜，在左上角那个衣兜上，永远别着一支钢笔，一看就和种地的农人不一样，一定是个文化人。

    他走路，总是把背挺得笔直，不紧不慢，每次看见人，微微一笑，很有涵养。

    在农村，每个村庄似乎都有这样的人，他们有自己的土地，看起来是个农民，可是又吃着公家的饭，在镇上上班。

    其实，那个时候我不是羡慕他的铁饭碗，而是羡慕他的衣服为啥总是那么笔挺。是人家的衣服比我们买的贵，还是人家会打理衣服？这样的困惑一直陪伴着我的童年，直到我家买了熨斗，关于童年的谜团，终于解开了。

    我家有了熨斗以后，母亲就成了村里最忙的人，特别是一到年关，家里就忙起来了。

    一些人，买了新衣服，就拿来熨烫。还有一些人过日子节省惯了，不舍得买新衣服，就把旧衣服洗得干干净净，来我家串门，顺便让母亲用熨斗把衣服熨烫平展。

母亲熨烫后的衣服，没有一丝褶皱，犹如新衣服一般，过年穿上它，也体面些。

人靠衣装马靠鞍，这样的俗语一直在乡村流行着。邋遢了一年的乡下人，过年时，也去镇上美美地洗个热水澡，把屋子的角角落落都扫了一遍。旧器物，该扔的扔了，该洗的洗了，这家焕然一新。

春节，走在路上的人，全是鲜衣，一个个精神抖擞，似乎也年轻了不少，走路也觉得轻快了。

对于熨斗，我比较好奇，这个东西，一挨衣服，就哧的一声。这种声音，让我无限沉迷，我觉得熨斗神奇极了。

有一次，一个老人来到我家，让我母亲把他儿子的衣服熨烫一下，他说，他儿子明天去相亲，他这句话的分量母亲晓得，

在乡村，相亲是人生中最为重要的仪式。

那次，母亲熨烫得格外用心，费了很多时间才算把这件衣服烫好，老人的眼里充满了感激。

孩子的模仿能力是很强的，母亲不在的时候，我也偷摸着插上电，一个人把自己的衣服铺展，然后用熨斗烫了起来。母亲回来后，看到我的行为，勃然大怒，赶紧抢了过来，她不是怕费电，而是怕熨斗烫伤了我。一个少年，不知道害怕，将无知发挥到了极致。

每次想到这个故事，我心里都是一阵后怕，我想，如果当时烫伤了，或许，那个年都过不好了，从此以后，母亲总是将她的熨斗锁在柜子里，只有用的时候才拿出来。这种规矩，母亲保持了好多年。看似多余，其实这里面表达着一种爱，这是两个人心里彼此都知道的。

母亲一直保持着用熨斗熨衣服的习惯，后来街上出现干洗店，每次我拿着衣服想去干洗，母亲说，那多费钱啊！于是，她将衣服手洗干净，用熨斗烫得平平展展，没有一点褶皱，每次看到，我都忍不住落泪。一个人，活在这个世上，只要母亲在，他永远是一个长不大的孩子。一个人，回到家，还有人洗衣服，还有人熨烫衣服，还有人疼，那是多么幸福的一件事。

一个熨斗，或许只是个器皿。可是在我的心里，它滚烫的身体里流淌着母亲的青春，母亲一年一年老去了，熨斗也和母亲一样衰老了。

竹壳暖壶，那么安静

一个竹壳热水壶，摆在茶几上。

这是童年最熟悉的场景，这种场景，出现在我外婆家。在那个院子，长着一棵大槐树，遮蔽了整个院子，院子里一根长长的绳子，上面挂满了鹌鹑笼子，一口压水井，盘踞在院子的中央。进屋，一张桌子，一张茶几，茶几上放一个瓷盘，瓷盘上放着一个竹壳热水壶。

从我童年开始，一直到我大学毕业，外婆家的院子与室内摆设几乎没有改变过，那一个竹壳热水壶用了几十年，也没更换过。

它和我们家用的热水壶不一样，我家的热水壶，一直在变换，刚开始用铁质的，上面印着图案，用的时间久了，铁皮上就会生锈，后来父亲买了塑料的热水壶。

我家的热水壶，反映着时代的变化，可是外婆家的竹壳热水壶，将时间铭记在某一个时刻，看见那个壶，犹如回到了某一个时代。

外婆家的院子，落满我的笑声。

小时候，我总喜欢去外婆家，寒假和暑假，总要去住一段时间。那个时候，去外婆家就等于去躲避劳动。我家十来亩地，天天干不完的活，而外婆家地少，几乎没有活可干，我天天和表哥、表弟下河摸鱼，甚是快活。

　　每年冬天，外婆看见我来了，总是颠着她那一双小脚，先点燃一堆火，让我暖和一下身子，然后到屋子里，从瓷盘上拎起那个竹壳热水壶，拿出白瓷碗，倒满一碗热水，放上白糖，由于水太烫，只能小口抿着喝。

　　一个人与一个竹壳热水壶之间的关系，也通过亲情连接起来。

　　由于常去外婆家，我对外公外婆的情感，从心里比较亲近，胜过对爷爷奶奶的感情，以至于这么多年，我都会梦见在一个冬天，一个人，一个竹壳热水壶，一个白瓷碗盛满开水，加入几勺白糖，热气腾腾地抵达我的肠胃。

　　我常常在一个竹壳热水壶上找到一个人的童年，它那么鲜活，却又那么陈旧。

　　如今，外公外婆都不在了，那个竹壳热水壶也不在了，但是，梦里无数次，它都清晰地浮现在我的眼前，外公外婆的影子越来越大，似乎他们不再是一张具象的脸孔，而是一个时代的记忆，他们代表着一个时代简朴的生活。

　　竹壳热水壶，是用竹子编织的，那个编它的篾匠不可能记住它，毕竟在他的手里，这些器物都会散落在乡下的任何地方，可是它抵达外婆家的时候，光阴裹缠着它，故事包围着它。

它不是冰冷之物，它身上记录着一个人的童年和两个老人一生的光阴。

脑子无数次回忆起它，那个竹壳热水壶，尽管它已经消失于我的生活，但我无法将它从我的记忆里剔除。

难忘的防冻膏

冬天的风，寒气之重，这是 20 世纪 80 年代的我们深有体会的。一场风，就刮冷了日子。

那个时候，我们戴着耳暖、手套，穿上母亲给我们做的厚厚的棉衣。尽管笨拙，可是暖和。每一个人的童年，都藏着关于冬天的秘密：一个人，哈着热气，一种白白的气息，从嘴里呼出，手不停地揉搓着。

在冬天，寒冷赐予我们的是冻疮。

曾经我们对它是那么深恶痛绝，可是，此刻，却成了一种暖暖的回忆。

那个时候，天似乎比现在更冷一些，凡是皮肤裸露的地方，都被风不停地揉捏着，捏着捏着，皮肤就烂了。脸上、手上、脚上，都生了冻疮。在乡下，常年能看见几个奔跑的孩子，脚上一块一块的冻疮，他们跑得越欢快，身体越热，脸上的冻疮就越痒，这是一个悲伤的乡村故事。

一个人，在冬天承受着它的折磨，半夜，别人都呼呼入睡了，唯有一个人痒得睡不着，不停地挠脸上和耳朵上的冻疮。

那个时候，冻疮膏就成了一种救赎的灵药。

　　记忆里的冻疮膏，早就忘了是什么牌子，只记得它像一个蚌壳，打开时，里面是白色膏状物，涂抹在冻疮上，顿时就不痒了。

　　那时，家家户户都备有这种冻疮膏，它便宜，效果好，在村庄颇受欢迎。

　　我皮肤比较耐实一些，很少长痘痘，也很少出现皮肤病，冬天生冻疮也少些。可是在我童年的回忆中，有几年连续下大雪，天太冷了。先是脚痒，再是手痒，然后是脸痒，最后全部是冻疮。手，肿得很厚，一按一个窝，特别是脸上，一不小心挠烂了，露出猩红色的肉，看着就吓人。

　　那时，家里穷，买不起皮鞋，穿的鞋子都是母亲做的棉布鞋。这种棉鞋一见雪水，就湿透了，袜子也湿透了，在教室上着课，脚下冻着，就渴望下课，跑一会儿，脚就暖和了。暖了一上午，袜子总算暖干了。

　　晚上回家，袜子和冻疮流出的脓水粘在一起，脱袜子，需要一点一点地向下褪，那种疼，在童年的回忆里是深刻的。袜子脱下来后，母亲用茄子稞熬的水给我洗脚。热气从脚下向全身弥散，洗好脚，母亲小心翼翼地给冻疮处涂上冻疮膏，然后用打吊针的那种玻璃瓶灌满热水，放在脚上暖，就这样暖和了一夜。

　　那个时候，才觉得母亲就是冬天的一炉火，暖和着我们，

而我们对于冬天的憎恶并没有因为母亲的爱而减少。可是对于大雪，我们又有着一种控制不住的疯狂，一大早就跑出院子，打雪仗、堆雪人，小手冻得红通通的，五根手指像五根红萝卜。

母亲总是不停地喊我们：快回来，小心冻伤，我们对母亲的话充耳不闻。

当天夜里，脚就痒了起来，母亲着急忙慌地去找冻疮膏，细细地涂抹在痒处。

一个人的冬天，其实是关于大雪和冻疮膏的冬天，是关于亲情的冬天。

用旧的草帽

在乡下，草帽是男人们盛夏的必需品。

一个人，走到乡下的小路上，太热了，太阳白花花的耀眼，日光落在皮肤上，炙烤似的疼，一顶草帽，就把眼睛遮住了，少了太阳直射的恐惧。

小暑与大暑，是乡村最难熬的两个节气，人不出门，就躲在门楼下，做一些简单的农活。

镇上有集会时，一些人戴着一顶草帽就出门了。

乡下人的草帽也不一样，男人的草帽，一般分两种，一种像斗笠，是竹子编制的，这种贵，且携带不方便；另一种是草编的，软软的，戴在头上就是草帽，赶路人走累了，就把草帽往屁股下一放，坐在上面，裤子就不沾土了。

乡下人的草帽，第二种多一些。

记得小时候，太阳落山后，天依旧很热，我们睡不着，就躺在院子里数星星，或者听父亲讲故事。他一边讲故事，一边把草帽的一侧卷起来当扇子用，一阵一阵的凉风，吹过来，我知道，这是父亲用草帽给我扇的风。

特别是麦忙时分，你看，地里一片草帽，他们在金黄色的麦浪中赶活，一个个，争先恐后，似乎慢一些，就被别人甩远了。

　　土黄色的草帽，一双双有力的胳膊，一把把镰刀，一块块女人的花毛巾，在金黄色的麦浪中显得那么耀眼，这是一个人关于大地的记忆，关于麦子的记忆，关于童年的记忆。

　　父亲尤其喜欢戴草帽，无论去哪里，必然顶着一顶草帽。或许，一个人的习惯，是几十年如一日铸就的，没有了草帽，他的生活也和往常一样过，却似乎缺少了点什么。

　　这么多年，每逢盛夏，城市里花花绿绿的帽子，我总是视而不见，突然，眼中出现一顶草编的那种乡下人才戴的帽子，顿时觉得那么亲切，一下子就回到我的村庄，仿若看见一个人戴着一顶草帽，他在磕砖坯，他在大地上收麦，他在给玉米浇水，他在一条乡下小路上，拉着架子，上面是一袋化肥和一个

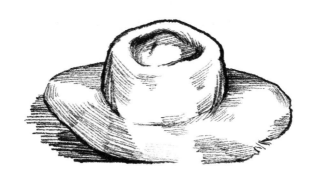

不懂事的少年。

这段日子，夜里总是做一个相同的梦，就是父亲找不到他的草帽了，我们全家人去寻找，结果还是没找到。醒来的时候，我哭了，父亲去世后，那个草帽被我亲手在他的坟前烧掉了。如今，我才领悟草帽对于我的意义，它不是一种物象，而是一个人这么多年的感情寄托。

没有这一顶草帽，就没有父亲戴着它步行五里，拉着六百斤麦子去镇里，把麦子卖了换回我上高中的学费；没有这一顶草帽，就没有此刻我在远方想他。我想，一个人的一生就在于一个抉择，没有父亲的坚持，就没有此刻的我，或许，我仍旧在中原的大地上，撅着屁股去伺候庄稼，去伺候那些猪啊、羊啊、鸡啊！

一顶草帽，是属于父亲的，也是属于乡村的，更是属于我的，我在白纸上去描述它，顺便带出与我血缘紧密的父亲。

一个人，可以没有故乡，也可以没有土地皈依，但是不能没有一个往事的记忆：他戴着草帽，费力地向前倾着身子，高高堆积的麦子和一个单薄的身子在乡间小路上缓缓地动着。

母亲的箩筐

夜晚，一盏灯还亮着。

亮着一盏灯，必然对应着一双如水的眼睛注视着乡村宁静的夜。它那么专注，那么清澈，专注于一针一线，清澈于这个年关。

母亲的箩筐里，存放着母亲一生的家产：顶针、针线、鞋锥。这些个小物件，我们定然是看不上的，我们最为中意的，就是母亲的鞋锥，它看起来像一个玩具。

母亲常警告我们，不准碰她的这些东西，在母亲的眼里，这些不起眼的小东西就是她的命，或许，一个没有经历过那个时代的人，一定不知道它们对于生活的意义。

生活是一本大书，我们翻阅过的和母亲翻阅过的，不是同一本书。我们翻阅着的书，少了节约和勤快，可是母亲的书里，写满了关于节俭之于生活的理解。

那个时代，鞋锥的重要意义就是生活的冷暖。千里之行，始于足下，这种大而远的哲学，比不上母亲做好的布鞋和棉鞋。这些鞋，让我从乡村走到小镇，跋山涉水，抵达我心里的世界。

条绒面，厚厚的底子，做厚一些，才不硌脚，可是太厚，给母亲出了一道难题，针无法穿过鞋底，鞋锥就成为一种利器。母亲用鞋锥先扎一下，用顶针顶着针，让针穿透鞋底，然后把针拔出来，用力去拉线，让线紧一些，这样的动作，母亲重复了一遍又一遍，从来没有厌倦过。

一个人，做一件事容易，一辈子做同一件事不容易。母亲，从她年轻的时候就与针线打交道，经过这么多年的相交，她更知晓布匹的本性了。每次在做鞋的时候，母亲就知晓什么时候该用力，什么时候该省力，她风轻云淡地做着自己该做的事。冬天，有一双双温暖的棉鞋等着我们，有时候，奔跑在乡间的街道上，穿着温暖的鞋子，才想起夜下的那盏灯。

白天，母亲一定忙着日常的生活。囤菜，腌制雪里蕻，日常的炊烟，将母亲捆绑在厨房里，偶尔有空闲，母亲还得洗衣。只有夜晚，母亲才能闲下来。

闲下来的时候，母亲才能拿来箩筐。我常说这个箩筐就是母亲的百宝箱，里面什么都有。母亲总是微微一笑，似乎这是一个女人的本分，一个女人，如果连鞋子都不会做，注定会成为乡村的笑柄。母亲从小就教姐姐们如何去做布鞋，那个时候，姐姐们才上初中，没有力气，必须用母亲的鞋锥，鞋锥之于我家生活的意义，是无声的。

姐姐，在初中时代，就已经做成了人生中的第一双鞋子。母亲看着姐姐做好的鞋，露出满意的笑容，尽管针脚歪歪扭扭，可在母亲眼里，一个女人会做鞋了，就能去掌控生活了。

一个女人，会做鞋了，嫁人后才能让日子更像个日子，那是一个老人最为真实的想法，这是乡村最为质朴的经验与智慧。

在老家，只要看到母亲的箩筐，就犹如看见母亲在灯下勤劳的身影。我的孩子出生后，母亲给我邮寄了一箱东西，我从快递站拿回家，打开一看，是一双双布鞋，单的、棉的，从几个月到几岁，应有尽有。从款式上看，有老虎鞋、兔鞋、方头鞋、圆头鞋。

一个人，突然落泪了。

这一箱鞋，是母亲赶走了多少个夜晚啊，或许，我们在远方都睡着了，乡下的那个白发人，仍在一针一针地缝补着亲情。

母亲的箩筐，那么小，小到只有针线，又那么大，里面可以放下几代人的生活。

温暖的火车头帽子

寒风刺骨，一个人顶着风，走在乡间小路上。他戴着火车头帽子，穿着军大衣。

在我的童年时代，这样的穿着是乡村男人的标配。冬天，穿衣厚实，才能御寒，这是乡下人骨子里的一贯思维。

到了冬天，除了青年男女，谁管衣服搭配得好不好看，保暖放在第一位。你看，从每一个门楼走出来的人，一个个裹得严严实实，走路晃晃悠悠，像一个左右摇摆的企鹅。

其实，对于火车头帽子，我羡慕了好久，从上一年级开

始，我就羡慕别的同学有一顶火车头帽子，那个时候，看见他们戴着火车头帽子，就想起了雷锋戴的那个，觉得这种帽子很神气。

跟父亲说了多次，父亲也没有给我买，这多少让我失望，每年年关，我盼望的最好礼物，就是有顶火车头帽子。

当然，父亲不懂我的心思。

一年又一年，我与火车头帽子都没有缘分，每到冬天，我的耳朵都冻得生疮，然后结硬硬的痂。舅舅看到我的耳朵冻得这么厉害，就带着我去镇上，给我买了一顶火车头帽子。

那一夜，我失眠了。一个人，激动极了，在黑夜里不停地翻滚，怎么也睡不着。

一个人的少年时代，对一顶帽子如此钟爱，这也是一件不可思议的事。

这个帽子，老少皆宜。

老人戴得更多一些，他们一般把两边翻上去，把两个帽耳绑在头顶。他们戴着它赶路、捡粪、聊天，每到年关，老人蹲在街头，一个人来了，让一支烟，老人顺便把烟别在左耳朵上；又一个人来了，让一支烟，老人别在右耳朵上；经过的人再让的烟，就没地方放了，只好放在火车头帽子里。

这是乡村的秘密，每一个人的火车头帽子，都是一个秘密空间，有些人赶集，就把钱放在火车头帽子里，戴在头顶，安全极了。

对于我们这些孩子来说，主要是怕冷，我们把两边的帽耳放下来，然后绑在下巴上，暖和极了。我们戴着它，可以肆无忌惮地在乡村乱跑，一个冬天，耳朵再也不会冻了。

在乡村，一个人干了糗事，总是努力地拉帽子，企图盖住自己的脸，火车头帽子比较大，更容易遮挡住人脸。

小时候看电影，常在里面看见一个人戴一个火车头帽子，似乎这样的电影更具有时代气息。爷爷常在灯下对我说，他们去挖河那一年，天气冷极了，黄河水利局给每一个劳力发了一顶火车头帽子，一身军大衣，那个冬天，他们干劲很足，梳理河道很顺利，用时较短。

爷爷的那顶帽子，一直戴着，直到那年冬天，天空飘着大雪，他坐在床上安详地走了。

一到冬天，我常莫名想起这样的场景：一个人，骑着永久牌自行车，头戴火车头帽子，身穿军大衣，在乡间小路上穿行。

织毛衣的人

乡村，是一个跟风的乡村。

冬天，闲来没事，女人们开始聚在一起织毛衣。乡村女人的嘴，能把村庄说个遍，谁家的媳妇又受婆婆欺负了，谁家的儿子又去了深圳。嘴上说着，手里的活却一点也没停下来，上下翻飞，毛线与织针，配合默契。

乡下女人，以织毛衣为由头，聚在一起谈话倒是真的。乡下日子单调，太难熬了，说着话，日子就过得快一些，一抬头，日头挂在树上，该回家给孩子做饭了，便急匆匆地走了。

她们来去都像风一样。

乡下女人，永远像乡村的风，她们从庭院里刮过，从街道上刮过，从村庄里刮过，从大地上刮过，从天亮刮到黄昏。当刮到厨房的时候，天就黑了下来。

人间烟火，便从女人的手里迸发出来。

吃完饭，刷完锅，又开始织毛衣了，女人的手，永远也闲不下来。

男人专心看电视剧的时候，女人一边看电视，一边织毛衣，一心两用，如果你和她谈论电视剧情，她居然说得头头是道。

第二天，太阳照常升起，女人吃过饭又去了村口，她们聚在一起，还是织毛衣。

俺家男人的毛衣该换了，她说这句话的时候，脸上突然一红，然后旁边的女人用胳膊肘子一捅她，一群人哄堂大笑。或许，这方言太生动了，让一个村庄都洋溢着幸福的笑声。

女人织毛衣，花样多，今天流行这个样式，然后整个村庄一股脑儿全是这个款式。

聚在一起，也是一种学习，一个女人不会，旁边的女人开始点拨。这乡下的学校，比课堂上的老师讲得更简洁，她们比学生学得更用心。

那个时候，常看母亲和村里的女人谈论织毛衣，什么正三针反三针，可是母亲给我织的毛衣，都是素净的，缺少变化。有一次，我对母亲说：能不能给我织个有图案的毛衣？为了这一句话，母亲吃完饭就早早出门了，以为母亲生气了，可是半个月之后，毛衣织好了，上面全是那种菱形的图案，菱形中间还有星星状，漂亮极了。我知道，这半个月，母亲一定没少和村里的女人谈论。众人的智慧，让一件毛衣成了，这件毛衣，也成了母亲的骄傲。

一个月后，跟风一样的村庄，到处是这个款式的毛衣，这是一个属于女人的村庄。

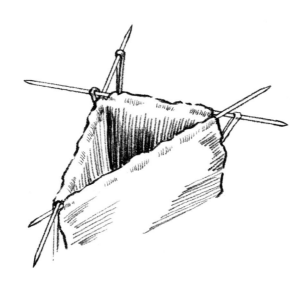

　　一些姑娘，也颤巍巍地跟在她们后边，学着织毛衣，在乡下，姑娘订婚了，需要给对象送一些礼物，刚开始是布鞋，再到后来就是织毛衣、织围脖。

　　一个姑娘，可是用了心，在村口，不懂就问，企图把一件毛衣织得漂漂亮亮，好拴住男人的心。或许，第一件礼物，必须拿得出手。我记得我家隔壁的那个女孩，织的第一件毛衣，感觉不满意，就拆了重织，第二件，还是不满意，直到第三件，她脸上才露出微笑。托媒人给男孩送过去，然后等待着男孩的回馈。

　　那个时代，织毛衣的景象出现在村庄的任何一个地方，门楼里、街道上，到处都是织毛衣的女人，你看，在这个村庄，男人、女人、孩子、老人身上穿的毛衣，都是女人的杰作，女人也算是乡村手艺人。

每个村庄，都有手巧的男人，他们不服女人的本事，跃跃欲试。我记得村里有一个中年男人，织布、织毛衣、做鞋，样样精通。

这个男人，常成为女人嘴里数落自己男人的素材："你看看，谁家的男人，百事通，人家女人多幸福，再看看我，伺候老的，伺候小的，没过一天安心日子。"

男人头一低，不再说话，女人也没有乘胜追击，又开始织毛衣了。

我知道，童年乡村的日常，就是这个样子。

篦子，滚落下来的记忆

在村庄，篦子和梳子组合成童年记忆。

那个记忆，见证了生命中最为艰苦的一段岁月，人不太注意卫生，头发乱蓬蓬的，犹如乡下的飞蓬草，长长的头发里总生虱子。

对于虱子，我们有着恐惧感，似乎有了它，一个人就被贴上不卫生的标签，这些都是小事，关键是痒得不行，两手不停地挠头皮，有时候，把头皮都挠烂了。

小时候，我常看见一个白发的奶奶坐在院子里，怀里是她的孙女，她一边晒暖，一边给孙女逮虱子。那个躺在奶奶怀里的人，一定幸福极了。一个少女与一个老人，成为乡村最真实的图像，可是人们记住了梳头，忘记了逮虱子。

逮虱子，这个话题有些不美好。

一个老人，从孙女的头发一侧翻起，一根又一根地翻阅着头发，突然发现一个喝得肚儿圆的虱子，用指甲盖一挤，发出噗的一声，然后指甲盖上沾满了鲜血。荒废了一个下午的时间，这个老人才算把孙女的头发翻了一遍，她幸福地笑了。

小时候，箆子成了生活的必备品。

一个人，头痒了，除了洗头，还要逮虱子。有时候，父母给孩子用箆子梳头，突然滚下来一个虱子，慌了，孩子的头该好好清理了。箆子又细又密，不像梳子那样粗枝大叶，没心没肺的，它更精细，更能知晓一些秘密，譬如一个人头上的虱子。

小时候，常看见大人用箆子给孩子梳头，有时候，一用力，箆子的齿就会折断一两根。或许，这个断齿的箆子，成了一种记录光阴的物象，每个人，只要在故乡的院子里看见一把箆子，就会突然想起乡村，想起那些消逝的时光。

那个坐在怀抱里的孩子还在，那把箆子还在，可是那个白头发的老人却不在了。一个人，回到故乡，泪水在眼眶里打转。

一个人的记忆里没有一把箆子，他的童年也索然无味，那个时候，箆子对于生活的意义，不仅仅是一个物件，更是一种爱意。

一个老人，翻看孙女的头发，一看头发上全是那种白色的颗粒，就赶紧用指甲盖去挤，噼噼啪啪的声音，在头发上响着。这种白色的东西，是虱卵，俗称"虮子"。或许，乡村人对于这些东西太敏感了，它们一直折磨着乡下人。

一代又一代人，总活在虱子与虮子的世界里，到了我们这一代，终于与它绝缘了。

乡村的箆子，再无用处了，躺在窗台上，落寞孤独着，独自回味着那些年的故事。

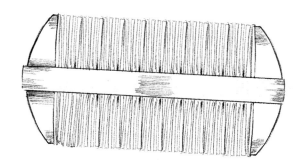

　　它们会记得那一年，一个青年给一个姑娘送了一个篦子，这定情信物这么简单，可是爱情却是丰满的，他们结婚后一直恩爱着。那个篦子仍在，可是送它的人却老了，每次听到关于爷爷奶奶的故事，我都觉得那时候的爱情如此质朴，一辈子，爱一个人就够了。

　　有时候，奶奶看我们挠头，就会拿起篦子，用篦齿不停地去挠头，像按摩仪一般，一个人关于篦子的认知，从物象上升到养生。

　　一个篦子，在村庄里处于边缘状态，可是我知道，它也曾深入过我们的故事里，也曾知晓过我们的秘密，一个人童年的糗事，它看在眼里。

　　一把篦子的乡村，是一个人记忆深处最为安静的乡土框架，它是乡村的一环，缺了它，乡村就少了诸多生气。

剃头推子，节省的哲学观

在乡村，剃头推子属于可有可无的东西。

如果家里没有它，每逢六、十六、二十六，人们就去赶会，镇上热热闹闹，公路两边推头的人很多，五毛钱，就剃了一个光瓢。

那个时候，人不讲究，满大街光葫芦瓢，大人觉得省事，孩子头上还不生虱子，洗头也方便。尽管只有五毛钱，母亲还是嫌它贵，让父亲从供销社买了一把推子回来，说可以给我推头，这样既省钱，又方便。

其实，母亲不是我村第一个推头的女人，第一个会用推子推头的女人，是我大娘。

我大娘来自陕西，穿戴干净质朴，时常戴一顶白帽子，家里也收拾得干干净净，虽然房子很破，但布置得很温馨。

她有四个孩子，两儿两女，家里的厨房，是在空地上埋四根木头，用绳子围起来，玉米秸秆靠在绳子上。木头的顶端搭一块塑料布，挡风遮雨，虽简陋，但是飘出的香味让人羡慕，这样的厨房，陪伴了她十年。

为了省钱盖房子，她买了一把剃头推子。每年夏天，她会选择在周六或周日给孩子剃头，这个时候，我也会去看她剃头，看她如何让一个人头发茂盛的头变成光头。有时候我也会让她给我剃头，顺便节省五毛钱，大娘对我这样的要求，没有一丝不悦，反而高兴地给我剃头，夸我的头型好看，夸我以后准有出息，每次听到这些夸奖，我心里高兴极了。

在乡村，一个个光瓢满大街跑，村里人也见怪不怪了，似乎男孩子就应该这样。可是最让我们吃惊的是，大娘竟然给她的两个女儿也推了光头，这在乡村可算得上是一个新闻。女孩爱美，剃了光头之后，似乎有些不开心，可是改变不了母亲的意愿。

大娘总觉得孩子小，哪里知道美丑，剃光头，好打理，女孩留长发，洗头、梳头，都是个麻烦事，不如一推子推成光头。

可是大娘不知道这样的行为，深深地伤害了妹妹的心，她们走在村庄里，总有几个孩子跟在后面喊：假小子、假小子。更有一些调皮的孩子，还编了歌谣：灯泡明，灯泡亮，东头几个小太阳，照得村庄亮堂堂。这个时候，大娘的女儿，羞愧地跑回家，趴在桌子上放声大哭，大娘知道自己的任性让女儿受了这么大的委屈，内心难受极了。

后来，她每次剪头发时，会让女儿去镇上，儿子的头，则依旧是她来剪。

看到大娘给孩子剪头，我母亲觉得剪头容易极了，也怂恿

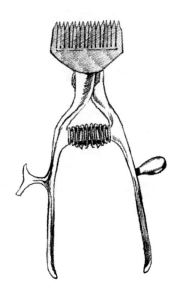

父亲买一把剃头推子，以后我的头发归她剃了。

母亲第一次给我剃头的时候，隆重极了，用剃头围巾把脖子围上，我要求母亲给我剃平头，不能再剃光瓢了。

母亲一手拿着梳子，一头拿着剃头推子，努力着想要剪好，可是剪出来却参差不齐，难看死了，父亲在一旁笑得直不起腰来。

从此之后，母亲每次说给我剪头发，我就逃走，自己偷偷跑镇上把头发剪了。

母亲的剪头生涯就这样夭折了。

这个剃头推子，也就没了用武之地，被母亲扔在窗台上。

每次看见它，母亲心里总有一种说不出的失败感。

乡下人，总觉得没有学不会的本领，他们把任何事情都看成和种庄稼一样，认为只要用心了就能做好。可是，母亲每次看见推子，就想起我的执拗、我的固执、我的不配合。

或许，一个乡村理发匠就这样被埋没了，我是那个罪人。这么多年过去了，我多想回到过去，让母亲给我再剃一次头。

我的小学课本

三月，阳光回暖，适合晒陈谷。母亲的三月，除了晒陈谷，还要将我的书搬出屋子，摊在院子里，让它们尽情地呼吸阳光。其实，这些书对我而言毫无收藏价值，我几次说要处理掉，但都被母亲制止了，没想到，三十多年下来，居然堆积了满满三箱子。

这些书，有从小学到大学的课本，还有当年躲在被窝里偷看的武侠小说，凡是我读过的书，母亲皆视为宝贝。后来，我再也说不出处理的话来，我知道，这些书，成了母亲坚守的一个借口，我与三月的母亲，已形成了默契。

空闲时，偶尔翻开小学的课本，看到上面的字体歪歪扭扭，仿佛看到一个熟悉的陌生人。有时候，翻着翻着，会翻出一行细小的字来："悠悠，我爱你。"那是一个少年懵懂的青春，或者说是一个少年干净的爱情。说实话，此刻的我，已经想不起那个叫悠悠的女孩长什么模样，我想当初的我，面对她时一定有些魂不守舍。

无意间，翻到《悯农》一课，在"锄禾日当午，汗滴禾下土"的诗句旁边，有一幅画，是我当年的"大作"。母亲握着镰刀，在田里割麦，我把母亲画得很丑，因为那年母亲嫌我太懒，狠狠揍了我一顿。那时的我总是躲在阴凉处偷懒，不替忙碌的母亲喂那些鸡鸭鹅狗，也不去麦地里拾麦穗，唯一欣慰的是我没有把母亲画得白发苍苍。可如今的母亲，头发白多黑少，她的苍老，似乎也就是近三年的事情。怎么能够不老呢？作为她最小的孩子，我已过了而立之年，已娶妻生子，浪荡半生了。

看到书，太多的往事都会再次浮现。那些年，课本领到手，第一件事便是包书皮。在乡村，包书皮多用旧报纸，我家贫穷，自然订不起报纸。在我们村里，能订得起报纸的人家，只有村干部和村西的一个教书先生。去干部家借报纸，总感觉不自在，不乐意去，我的目光便盯住了教书先生。

我在他家的门口，等到暮色降临，看他从地里回来，走上去，他看到我，问我来干什么？越是问得急，我越是面红得说不出话来，他看看我，笑了，心里似乎明白了什么，转身从家里拿出几张报纸给我，我接过报纸，飞也似的逃掉了。从他的举动，我知道，在他家门口，像我一样木讷的少年，肯定还有很多。

包书皮，我是门外汉，包得不美观，姐姐嘲笑我，说我像一个乡村三流的泥水匠人，干不了细活，灯光下，姐姐为我重新包书皮。书里，有一些插图，通篇黑白色，有些单调，便和伙伴们去田野边摘一朵野花，或者溜进村头的一片麻地摘几朵小黄花，把它们揉碎，用它们的汁来涂染这些插图。"两个黄鹂鸣翠柳"，那两只黄鹂鸟，被我涂得黄黄一片，也许这是我最早的写意画。

有时，翻开书，会发现一些缺失的页码，那些纸张，多半是被我叠了纸飞机，它飞往哪里，我不得而知，或者早已腐烂在泥土里，或者还沉睡在屋内的木梁上。

在某一本书里，也许会记载着我童年的囧事。一群孩子，偷瓜摘桃，那些汁液会浸湿书包，里面的书也被浸染，如今翻开这书，看到这些痕迹，便觉得童年的味道是如此鲜活。

书里，有一个人，是我。

至今，我仍无法定位自己，说自己是城里人，总觉得自己的身上有一段长满庄稼的人生。说自己是乡下人，可自己与村里的人又有些话不投机。每次回乡，他们表面上很亲热，但是骨子里透出的冷漠让我觉得可怕。

这不是我的村庄。

只有在这些书里，我才能找到自己的身份，自己确确实实是一个乡下人。

如今的村庄已看不见 80 年代的模样，通过一本书，让我想起哪里有一片瓜园，哪里有一片桃林。一个人，或者一个乡村的童年，早已死去，但是，在一本书里，一个人还活得安好。

三月，阳光干净。

三月的阳光，召唤着一本书，也召唤着一个人丢失的根系。

躲在暗处的老鼠夹子

乡村，老鼠横行。

家家户户开始养猫，自从养了猫，老鼠倒是安静多了。在没有猫之前，老鼠肆无忌惮地跑在每一个庄户人家，深夜，你在睡觉，一只老鼠悄悄爬到你的脸上啃你，突然被吓醒了。

那个时候，为了灭鼠，总有一些下乡的生意人，在卖老鼠夹子，卖灭鼠药。

父亲买了老鼠夹子，每天夜里，就将它支在厨房里，放在馍柜的一旁。第二天，打开门，看见老鼠夹子里有一只老鼠，眼睛充满恐惧，想拼命挣脱。

这时，我总是第一个对老鼠不友好。因为它太猖狂了，在我小时候睡着时，它曾经咬过我的鼻子，害得我疼了好几天。

那个时候，我对老鼠充满了仇恨，再也没有一丝怜悯，恨不得抽筋扒皮，方能解我心头之恨。

村庄，老鼠越来越多，每天晚上，都能听见它们咬木箱磨牙的声音，咯吱咯吱，弄得一个人晚上也睡不好。

坐起来，点上灯，老鼠嗖地一下不见了，等你刚睡着，它又开始磨牙了。

　　一个人与老鼠的斗争，一直贯穿着我的整个童年，我们在深夜追赶老鼠，我们拍手吓唬它，我们敲床，所有的招数都用遍了。

　　老鼠太猖獗了，村里人开始想出各种办法去灭鼠。

　　村西头的二娃，从邻村抱回来一只花猫，从这以后，村庄里的猫就开始繁衍生息，每一户人家都有了猫，老鼠开始收敛了一些。

　　或许，猫和老鼠真的是天敌，有了猫，老鼠夹子似乎再也没有用了。家里的老鼠越来越少，地里的老鼠却越来越多，开始吃地里的庄稼。

　　地里的老鼠，主要是田鼠。

　　时常在地里就能看见一个老鼠洞，周围一片松土，洞口黑乎乎的，深不可测。

洞口周围散落着大豆、玉米粒，村人觉得这样下去，庄稼就被糟蹋完了，因此，天还没黑的时候，他们就去地里把老鼠夹子放在老鼠洞的旁边，然后在夹子的周围放上馍。

第二天早上，人便去地里看老鼠夹子，有时候，上面夹着一个老鼠；有时候，空无一物，只得失落地将夹子带回家。

第二天，继续下老鼠夹子。

就这样，人和老鼠对峙着，似乎在比着耐心，有时候，坚持了半个月之久，老鼠突然出现在老鼠夹子上，人的脸上露出微笑。

这个老鼠洞，便安宁多了，再也没有庄稼落在老鼠洞口了。一个老鼠夹子之于乡村的意义，就是一种杀戮。或许，老鼠与人之间，似乎少了悲悯，多了一种不可缓和的矛盾。

童年的我，喜欢大地，喜欢田野里下的那个老鼠夹子。我家的地在村东头，挨着我村的公坟，一片密密麻麻的坟头，像无数个馒头似的，远远望去，有些吓人。

我家隔壁，是一个青年，黄昏时分，便来我家叫我一起去下老鼠夹子，这一路，他给我讲鬼怪故事，到了地里，看见那些坟头，更加害怕了，飞快地支好老鼠夹子。第二天早上，我俩一起去看老鼠夹子，这种方式，贯穿了我的童年时代。或许，与他相伴而行的目的，是他心里藏着无数故事。

路上，心情愉悦，看见棉花一样的云朵开在天空，饱满的大豆啪的一声，在大地上就炸开了。

乡村的生机全在大地上，故事与清晨的露水同在，如果到了地里，老鼠夹子上有一个老鼠，就更加开心了。

乡村，人鼠共存，那个时代，人与物，都是乡村的主人。

一个少年的光阴，在黄昏，在清晨，在那个被故事启蒙的路上，感觉万物那么美。

包浆的八仙桌

　　八仙桌，一般放在堂屋的正中央。它方方正正的，像中国人做人的原则。它的四周，摆放几个靠背椅子。

　　八仙桌，虽然没有那种长条桌几高大，但是不卑不亢站在屋子中心。

　　它才是屋子的重头戏。

　　小时候，亲戚来了，菜端上桌，便开始安排座位，坐南朝北的那个人，一定是德高望重的，或者是亲戚中辈分高的。其他人，都在周围陪坐，这顿饭，吃得拘束一些，酒也敬得规规矩矩，这样的酒局，说话都比较小心。喝酒的人，也不会放飞自我。

　　每年的这个时候，我就对父亲充满了恨意，看他们吃得不亦乐乎，我只能坐在厨房和母亲一起吃饭。在乡村，客人来了，小孩不能坐在桌子上吃饭，妇女也是如此，这个桌子，是一个男人的世界。

　　听他们在八仙桌上吹牛，相互敬酒，才觉得中国文化的可爱处。憨态可掬的人，在一杯又一杯酒里醉了，变得更加可爱。

平时，这个八仙桌几乎不用，它像一个尊贵之物，安坐在堂屋里。

下雨的时候，我将晒在院子的衣服收回来，放在八仙桌上，祖母就一路小跑过来，大声呵斥我。我觉得很委屈，干活也干错了，从此心里对祖母产生了一种排斥。

在一个深夜，我和爷爷躺在槐树下，问爷爷："我是不是要的，为啥你们都不爱我！"爷爷说我满嘴胡话。我把祖母呵斥我和父亲不准我上桌吃饭的事给爷爷说了一遍，爷爷笑了，对我说："傻瓜，这是几千年的规矩，哪能是因为你。"

祖父说，从他记事起，就是这样遵守的。那个时候讲究更多，八仙桌上不能放衣服等杂物，不能随意坐在桌子上，不可用木筷敲桌子等，这些都是人们对神明的敬畏。

　　我才觉得，这哪里是一张桌子，分明是人情世故，它虽安坐在屋子里，但无处不在透露着一种文化。

　　一个浓缩版的乡土中国，就在我家，就在那个中午，一群人，让我见识了规矩。

　　我对这规矩比较反感，总觉得它不是那么可爱，像一个穷酸的老儒生。我在规矩中过得并不如意，我喜欢自由自在的生活。

　　万物皆有秩序，一切并不按照我的意愿而活。

　　多年以后，我在大学图书馆里看到一篇文章，解决了我多年以来的谜团，一张桌子，与八仙如何产生关系？

　　一张桌子里，包裹着无数的故事。它带着神秘的光环。

　　八仙，与一张桌子的故事。

　　鸟鸣，鲜花，都成了背景，坐下的八个人，指向了它。吴道子，与它也有了关系，无数扑朔迷离的线索纠缠在一起。

　　借助八仙讲故事，显得庄重多了。

　　一张桌子，一旦庄重了起来，就不允许人动它，我家的那个八仙桌，常年待在那里，像一个得道高僧，不言不语，与人保持着距离。

　　每年中秋、年关，才将它搬出来。

中秋，父亲和母亲把它抬到院子里，月亮冷冷地挂在天上，月光洒在地上。

父亲把各种时令水果放在桌子上，中间放一个香炉，点燃两根红蜡烛，在香炉里插上香，点燃，看它一点点燃烧。或许，中秋拜月，一定是少不了八仙桌的，它庄重的一面，在这个节日里显得尤为重要。一个人对月亮的崇拜与八仙桌契合在一起。

仪式感最强的日子，是春节，鸡、鱼，摆上桌，蜡烛、香、祖先的牌位，也放上。父亲开始祭祖，一个人，在八仙桌面前，大气也不敢出，似乎一个不小心，先祖就能看见。

八仙桌的身上，承载着的不仅仅是童年往事，更是一种深入骨子里的文化基因，一个人，只要活在乡村里，就不能逃避一种文化，一张八仙桌，注定会被尊重。

八仙桌，还摆在堂屋的中心，尽管少有人偏爱，但它依旧那么稳，那么安静。

洗脸架，人间所爱

洗脸架的高义，只有乡村知道。

它不仅仅是一个器物，更是一种人情世故，谁家有了喜事，就去随礼，乡村贫瘠，送啥的都有，鸡蛋、洗脸架、脸盆，还有一些人家送个玻璃风景画，写上恭祝"×与×"新婚之喜，祝贺人：×××。

这种方式，不藏拙，谁送的，就挂在上面，村里人与主家都能一眼看到，或许这就是送礼人的聪明之处。

有些人送的东西隐秘一些，时间久了，主家可能就忘了。在乡村，随礼可是个大学问，别人家有红白喜事，你给别人送的东西，不能低于人家给你送过的，如果你结婚的时候人家送的礼物重，等到别人家有事时你送的礼物轻，这两家人的相处可能就到头了。

很多人随礼，也是长了心眼的。

你送个洗脸架，他送个洗脸盆，恰好组成一套，每次洗脸时，都能想起送它的人，这关系越处越亲密。

洗脸架，在乡村是个必需品。

刚结婚那几天，新娘子一般不出屋，把洗脸架放在卧室，或许，刚过门，一脸娇羞，还不好意思在婆婆公公面前洗漱打扮。倒是一些中年妇女，不在乎别人的目光，洗脸架就放在压水井旁，不图别的，就图个洗漱方便。

新娘子不行，每天早晨，在屋子里娇羞地照照镜子，抹抹雪花膏。脸洗好了之后，就将院子里水缸的水倒满了，接着开始生火做饭。

这个洗脸架，牢牢站在屋子的一角。

它分为上中下三层：最上面一层，嵌入一个镜子，可以照见自己；中间一层，是个木板，方便放置香皂盒、杯子，杯子里放的是牙刷牙膏；最下面一层，是雪花形状，周边几个木头向上拱起，像一双托着脸的手。

它的下面，是三根腿，或许，在几何图形中，唯有三点支撑最稳，乡下人懂这个，虽然没上过学，没学过这些几何原理，可是却一直在乡村中践行着这些知识。

在屋子里，取水极不方便，可是新娘子的矜持，让她必须躲在这里，半年过去，新娘子的豪气就出来了。她把洗脸架移出来，放在压水井的一旁。

或许，是向这个庭院宣誓，这是我的地盘，以后洗脸就在这里了。

在乡村，洗脸架不仅承载着礼仪，更承载着家庭的处世哲学。

它那么质朴，不说话，却读透了乡村。

物，观人心，人心也对应着物。

父母的搪瓷缸

一只瓷缸子，待在桌子上。

它通身白色，上面印着几个鲜红的大字：为人民服务，也有写着"安全生产"的。

这些具有时代色彩的字，代表着一种荣耀，又是一种警示。或许，在中国大地上，我们无数次看见这些场景：一个人，坐在办公室，泡上一杯茶叶水，开始读书看报。

人喝茶水，似乎成了一种习惯，可是搪瓷缸，就成了那个时候的标配，看见一个人，喝了一口茶，慢慢地品，咻溜一声，再喝一口，又把喝到嘴里的茶叶吐进瓷缸里。

那个时候，看见他们喝得那么享受，觉得茶叶一定好喝极了。

说实话，对于庄户人家来说，茶叶就是一种活在电视剧里的东西。从我记事起，村里只有那个在外工作的叔叔，习惯用白瓷缸子喝茶，别的人，几乎都是用碗喝白开水。

直到上了高中，我才第一次有机会品尝茶叶，那时候，觉得它的味道一定和白糖一样甜蜜，可是只喝了一口，就吐了出来，苦不拉叽的，难喝死了，又觉得别人喝得那么舒服，肯定是我的嘴里苦，我再尝一口，还是如此。

茶叶不适合我的口味，从此以后，我对茶叶充满了偏见，一个人看见茶，退避三舍。

虽然远离了茶，可是白瓷缸子还出现在我的生活里，我不能轻视它。那些年，在镇上上学，白瓷缸子是我生活中最贴心的工具。

它，是我吃饭的饭缸，放学后，一个个少年掂着瓷缸子就跑到灶上，排队打饭。

吃完后，又去锅炉房接水，那个时候，一个令人震惊的图景：锅炉房，一排水龙头，一排排瓷缸子，一个个等待接开水的人。

一个时代，有一个时代的痕迹。我生活的时代恰好白瓷缸子盛行，一个人，与它相伴了三年，这种苦难的人生，是生活赐予我们的一笔宝贵的财富。

难忘那个时候，买饭去得晚了，饭就卖完了，一个人，接了一缸子开水，把馍泡进去，开水泡馍，是一个人窘迫的故事。

离开学校之后，我还是习惯用白瓷缸子，在家里喝酒，我总用一个小号的白瓷缸子。一杯就是一两，那时年轻，喜欢豪饮。

一个人，与酒相伴的日子，注定是属于青年的。那个时候，人过得简单，也不去思考人生，就这么浑浑噩噩地过。

整天呼朋引伴，坐下来，醉生梦死。或许，那个时候，一个人的精神支柱，就是一杯酒，没有它，似乎日子也少了滋味。后来，逐渐觉得身体不再像青年那样耐实了，喝一场，两天还缓不过来，才觉得人生应该换一种活法，一个人，无数次在文字里读到茶，为何不再去体味一下茶呢？

或许，是心境变了，青年那种对于茶的偏见，似乎也淡了不少。这个时候，突然体味一种哲学观：青年喝酒，中年品茶。

我不再年轻，也不能把一生献给小酒盅，必须远离酒桌，回归安宁了。

一个人，坐在房子里，泡一杯茶，慢慢品味，居然感觉到了人生的意味。

刚开始，茶没泡开，犹如少年的苦涩，接着，它一点一点地散开在水里，茶味才开始渗透出来，每一口，都是青年的浓烈，到了最后，茶味淡了，又似回到了老年的寡淡。

或许，喝酒的茶缸变了，从白瓷缸子变成紫砂壶，喝茶的杯子，也变成了紫砂杯。

或许，茶具变了，心境变了，对茶的认识也变了，一个人，开始喜欢上了茶。

每天开门七件事：柴米油盐酱醋茶。

老祖宗给我们总结出来的生活中，茶也占了重要的一环。它虽然在尾端，可是，它毕竟贴着生活，一个人，可以没有故事，但是不能没有茶，这是多年以后我才悟出来的道理。

一个人，喜欢上了一种人生：禅茶一味。

喝茶与悟禅，在一杯茶里浮现，一个是入口的意味深长，一个是入心的澄明无碍。

沸腾着的水壶

　　一间房子，一个炉子，一个烧水壶，就是一幅画。一个人烤着火，听见壶水沸腾，滚烫的生活，就这样在童年的回忆缓缓拉开。

　　喜欢这种方式，一个壶用了十年之久，通身结满了水垢。壶内这些水垢，白花花的，犹如地里的庄稼一样，从壶水里长了出来，一层一层叠加着，直到有一天，看不下去了，才觉得它那么厚，那么丰茂，也该清理一下了。

　　这十年，每天都被这样的壶水喂养着，母亲常说：狗不嫌家贫，儿不嫌娘丑。

　　是啊，我们的生活，因为有了一把壶才这么充实。我们每天往炉子里加柴，它蓬头垢面的模样，却喂养出我们的澄明之心，一个人，也有了草木的素心。

　　它像一个丑娘，喂养着一个人的童年。

　　我最喜欢干的事情，就是等待着水开，它沸腾的声音，犹如汽笛长鸣，又如火车奔跑时蒸汽的呼吸声。一个人，正在写作业，突然听见了这种声音，就着急忙慌地起身，拎起水壶，然后把水往暖水瓶里倒，喜欢看壶水从壶嘴里流出，看那一线天的模样。

我喜欢用耳朵去听乡下的生活，刚开始倒水的时候，水少，壶的空间大，发出的声音沉闷一些，厚重一些，犹如一座山飘出空谷的风声，随着暖水瓶的空间越来越小，它的声音不停地变化着，薄了起来，脆了起来，亮了起来。到了最后，快要满的时候，犹如一个终止符，那声音脆脆的，薄薄的，像一张琴，腾地一下就停下来了，让我想起一个成语：戛然而止。

暖水瓶就坐在家里的桌几上，那里是它的固定地盘，生活不偏向任何一物。有了立身之地，它便用暖水滋养着冬天。

父亲出门的时候，母亲总是拿出那个军用绿水壶，扁扁的，口很窄，一个盖子，从暖水瓶里倒出水，把军用水壶灌满。

这个军用水壶，是舅舅在青岛当兵时带回来的，我们家一直觉得很珍贵。

珍惜的器物，才能用得持久。

每年冬天，父亲都要出门干活，挣一些零用钱回来，年关就能好过一些。

每次出门，他挎上这个军用水壶，一走就是一天。每天回来，我都会细细检查它，看它是否被磕碰出伤痕，见它安然无恙，心里才觉得舒服多了。

在我心里，这个水壶无比神圣，它承载着舅舅的荣誉，每年麦忙时分，我挎上它，神气极了。在小伙伴中，只有我家有这种水壶，或许，物以稀为贵，它让我长了脸。

没事的时候，我就坐在田埂上，给小伙伴讲我舅舅的故事，军队的荣光让小伙伴听得津津有味，似乎一个水壶里传递着部队里的秘密。

再到后来，镇上开了一家军人用品店，军大衣、迷彩服、军用胶鞋、军用水壶，应有尽有。小伙伴们每人买了一个，我觉得我家的军用水壶少了光环，泯然众人矣。

每次上学时，一个个小伙伴骑着自行车，斜挎一个军用水壶，飞奔在乡间小路上。

就这样飞奔了三年，壶斜挎着，在车上晃动着，与自行车磕磕碰碰。它身上有三处受伤的地方，被磕瘪了，草绿色的漆也掉了，露出明晃晃的底色，它斑驳的模样，让我觉得心疼。

一个人，这一辈子，在意过多少器物啊！

我的童年，属于壶浆箪食的生活，人生被两个壶喂养着，一个坐落在炉火上，被火淬炼着；另一个与人紧紧贴在一起，能听见人的呼吸。

碾轧时光的石磙

石磙在，乡村就在。

曾几何时，只要有石磙的地方，乡村一定是热闹的。从挣工分时代，石磙就与稻谷、小麦绑定在一起。那时候，人多，热闹，干活也格外有意思，在说笑中就把活干了。

一个人，时常在脑子里思考一个问题：那个时代，一群干劲十足的男人和女人，有着改天换地的决心，他们如何在艰苦的日子里，有着这么足的心气。生活的智慧告诉我们，人是靠一口气活着的，没有人可以离开这一口气。

那些久远的历史，一定有无数笑声落在稻谷场上，落在麦场上，然后被石磙碾过去。

时代在变，土地承包到户，开始了单打独斗的生活，那种热热闹闹的集体生活再也不见了，粗放型的群体转入个体细腻的劳作。

我童年的故事，离不开石磙。

这一块顽石，像一个玩世不恭的人，它一头大，一头小，转动的时候，摇摇晃晃，在大地上画了一个又一个圈。

乡村，最讲究规矩，石磙也是，永远围着一个中心，一圈一圈又一圈。

一个石磙的江湖，或许只有它自己知道，它质地坚硬，永远以碾轧的快乐去树立自己的尊严，它在麦场，永远像个帝王。

它那么结实庞大，在乡村几乎拥有话语权。

它所站立的地方，就是自己的舞台，以天地为中心，这舞台，接天地之灵气。

一个石磙，碾过麦子，碾过稻谷，碾过黄豆，它与庄稼之间，一直存在着深深的隔阂，它听见过麦子的哭声，听见过黄豆噼噼啪啪的放纵声，也听见过稻谷的静默。

一粒麦子，被一个石磙轧在黄土里。

这是一粒幸运的麦子，它逃脱被装进袋子磨成面粉的命

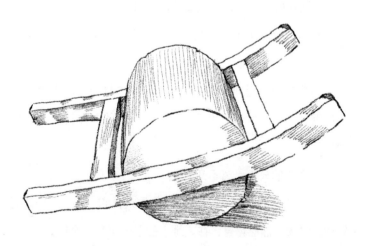

运，它躲在黄土里，遇见一场雨，它又绿了，或许，这个麦子，再也不是众人眼中的宝了，他们不会高看一眼长出的麦子，将这些青青的麦子当成野草一样刈倒。

小时候，我常看见石磙被一头牛拉着从街道上走过，这轰隆隆的声音震栗着街道。当时，石磙被一个木框架束缚着，两端凹进去的拳头大小的深窝被一根木棍塞得实实的，它像一个傀儡顺从于这个木框。

一头牛，一头驴，拉着石磙，在中原大地，在山中，在江南谷场，都曾威风过。

一个石磙，在麦场飞奔，从中午开始，到黄昏的光洒满麦场才停下来。人开始翻动麦子，把麦子垛在一起，然后将麦子扫在一起。

有风的时候，男人扬麦，女人清扫麦屑，一会儿，就将一个麦场里的麦子，清扫得干干净净。劳动人民的智慧，在麦场上体现得淋漓尽致，他们遵守着古人的每一个细节。

麦收之后，石磙便没了用武之地，它待在麦场上，静默无声，像一个打坐参禅的高僧。

它能听见一声声欢笑，这笑声是孩子们的，他们在麦场玩着捉迷藏的游戏，他们躲在麦垛里，等待一个人去揭开谜底。

它看见一个人到处寻找另一个伙伴，就是找不到，它想告诉他，去麦垛里找。可是，它自己没有嘴啊，它是一块顽石，浑圆的一块，从大山里走出来，被一把铁锤和凿子敲打成了这个模样。

从生到死，这需要多少日子啊，它也不知道，它所知道的是，它见过无数次月亮和星星。

如今，麦子再也用不着它了，收割机的轰鸣让它觉得属于它的时代结束了。

它蹲在街道的一角，谁也看不上它了，认为它是无用之物。

只有一些怀旧的人，每次经过它的身旁，总莫名其妙地想起那些流逝的时光。一头牛，一个人，一个石磙，在这个大地上，亲吻过麦子的额头，可是此刻，它是失意的，它横竖不说一句话，听着乡村的鸡鸣狗吠，看着乡间的云朵明月，偶尔，它觉得自己还在，有时候，又觉得自己死在了一片土地上。

石磨的光阴

没有磨的乡村，注定是苦难的。

乡村有了磨才安稳一些，不需要背着粮食步行十里，把它磨成面粉，然后再背回来。

乡村的磨坊，一般在乡村的一角，也有开在闹市的，人更方便一些。

庄户人家，磨坊一般简陋些，能遮风避雨就行了，好的房子，要留给人居住。唯有一些破旧的房子，才能让磨容身。磨并没有因为条件简陋而心生不满，它依旧兢兢业业，为一个村庄作出自己的贡献。

一个村庄有了磨坊，人便省事多了。人把粮食背来，倒在磨上，一个人推磨，一个人用扫把扫着，一男一女，配合默契。

推磨是个力气活，一般是需要男人干的，一圈一圈地推磨，汗珠子就滚下来了。我喜欢待在磨坊，我觉得那是一个具有生活气息的地方，男人的雄壮之美，女人的细心，都在磨坊里得以体现。

男人的一双双臂膀布满了腱子肉，汗水湿了身子，这可不是"江州司马青衫湿"那种矫情的故事，这故事，在乡村是会被人鄙视的，乡村是迸发气力的地方。

一个人，最为雄壮的一面被磨坊记录着。他两手一举，就轻松扛起粮食，倒在磨上，看它通过磨眼一点一点落下来，磨成面粉。

那个雄伟的身影，是值得书写的。

一些女人，死了丈夫，依然选择守着乡村，每次来推磨时，就会有所恐惧，才觉得生活这本大书教给她的是苦难，她用一个肩膀，为儿女扛起生活的所有。

苦难的重压之下，便生出无限智慧。

乡村很多的发明，都是重压之下的思考，一些聪明人琢磨着乡村的每一件事情。

推磨太累，人学聪明了，就养了驴。童年的回忆里，村庄的每一户人家都养了驴，它可以拉车，也可以推磨。自从有了驴之后，男人们便可以清闲地站在一旁，抽着烟，拉着闲话，女人跟在驴的后面，扫着磨出的粮食。

驴拉磨，开始了另一种生活。

人的智慧在于借助外物，我们在书本上学过，可是真正践行它的人，是乡村这些粗糙的汉子和那些从没有走出过村庄的女人。

驴子架着辕，不停地围绕着磨转圈，为了防止它迷糊，就在它的眼睛上蒙一块红布，它就不停地走。一头驴子将自己的

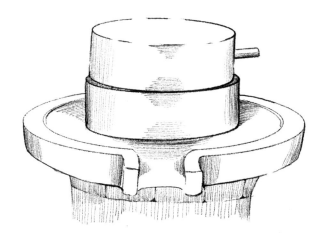

一生都放在磨坊里了，在磨的周围，居然有了深深浅浅的沟痕，这磨去了驴子的多少时光啊。

在乡村，磨坊也算一个故事的集散地。

许多故事，都是从这里出来的。

两个人，谈着乡村鸡毛蒜皮的小事，谈着乡村的风流艳史。

男女关系，似乎成为人类中必不可少的一部分，在乡村，同样如此。一个女孩，在磨坊里和一个男子有了孩子，或许，乡村的风流，是欲望的火花。

磨坊无罪，男女也无罪，是生活中的苦难让许多人走在了一起。

男女是阴阳之性，而磨盘也是如此，它代表阴阳，一扇是太阳，一扇是月亮，一扇是男人，一扇是女人，磨坊将人间的风流快活契合在一起了。

在没有见识磨之前，我看到了一个成语：好事多磨。它是一种虚化，而站在磨坊里，看见白花花的面粉，才算真正理解了好事多磨的内涵，多磨一遍，面粉也就精致一些，细腻一些，这样也会费很多气力。

或许，词汇的源头，就是生活，一些词汇，通过生活的实践，感觉到了丰富。

石磨，做工太慢了，后来被电磨所取代，只要一推上电闸刀，就发出轰鸣声，一会儿就是白花花的面粉，每次去村西的磨坊，都觉得里面空气污浊，似乎喘不过气来。

自从有了它，石磨就躺在村庄的一角，再也无人问津了，或许，它退出了舞台。

乡村就是这么善忘，无用便意味着一种清静，它躺在那里，安静无语，像一个经历过沧桑的老人，它身上的故事成为遥远的绝响。

行走的背篓

背篓，是一个小型行走的记录仪。

一个人，通过背篓与外面的世界有了联系，它可以把一个村庄里的东西搬空，也可以把外面的器物搬进来，丰富着一个贫穷的村庄。

小时候，每次听到《小背篓》的儿歌，心里就莫名地兴奋，似乎唱的就是我村的那个背篓，此刻，它正坐在东屋的一角，安静地呼吸着。

背背篓的人，有男人，也有女人。

赋予它的故事，气息也是不一样的。一个男人，背了几十里，从外面带回来生活必需品；一个女人，把孩子放在背篓里，一边干活，一边看娃。

在电视里，常看到山区的人背着背篓，里面塞满了物品，在曲曲折折的山路上行走，每次看见这情景，内心就会生起波澜。

一个背篓，其实就是一个家庭的记录者，它知晓一个院子里的故事。

它看见一个人，背着它去捡柴火，去打猪草，去背红薯，去运土豆。一个背篓那么小，却把一面山种下的粮食都搬空了。

或许，知晓背篓的人，一定是一个经历过贫穷的人，他与背篓之间建立起来的关系，一辈子都被写在乡村的历史上。

背篓，这小小的器物，像一个光阴的博物馆，展示着那些年的故事。

一个背篓，就是一个少年的世界。

那个时候，我背着它，走过那么远的路，只不过是为了带回来家里的必需品，肩膀磨得生疼，腰也直不起来。

一个少年与重量对峙着，不向它屈服，咬牙坚持，走一会

儿，歇一会儿，这一路，留下他的脚印，可是当他抵达一个村庄的路口时，他哭了，这几十里地的搬运，让一个少年稚嫩的肩膀知道了什么叫生活。

我们躲在父母的背后，过着安好的生活，岂不知，在人间仍有苦难围绕着我们。这么多年，我们幸福着，是因为有人替我们遮风挡雨，是背篓告诉我们生活的本相是什么。

一条路，一个少年，一个背篓，在那个漫长的小路上拉下长长的背影。

我家的背篓是父亲编的，父亲不是一个篾匠，可是他凭着一个木工的敏锐，对万物的纹理似乎更懂一些。

荆条、柳条，都能成为编制背篓的材料，荆条更坚韧一些，最上乘的是竹子，但是我所生活的区域，是不产竹子的，父亲买一些回来，编制成一个崭新的背篓。

我家有两个背篓，一个是荆条的，一个是竹子的，竹子编的轻便些，分量轻，一般是母亲和我用，而那个荆条编的，重一些，则是父亲专用的。

我也曾经想到，父亲背着它，如何跋涉过一条条河，走过一条条路，让背篓见识了中国的辽阔和一个人的渺小。

我是一个在背篓里长大的孩子。母亲干农活的时候，不敢将我放在家里，就背上我，她干活的时候，要不停地动着，背篓也就晃晃悠悠，我在里面竟然睡着了。

母亲把我放下来，她要好好利用我睡着的这段时间，赶些农活出来。一个女人的一生，具有史书一样的厚重，可是记录她们的人，注定轻视乡村女子琐碎的故事。

历史向来记录那些盛大的故事，一条路的开辟，一条河的挖掘，一个站在大地上的人，带领大家进了城挣了钱。

一个女人，从没有走出过村庄，她这一生，都献给了大地，献给了一个村庄。

这些，注定不会被文字所记录，我用笔记录着背篓，其实就是记录另一种人生。一种属于乡村本相的生活，一个可以串联起乡人一生时间的器物，它们是如此鲜活。

每次看见背篓，我都觉得它像一本薄薄的光阴书，记载着我的童年与父母的中年。

与寒冬为伴的玉米刮子

乡村，是玉米的乡村。

入冬以后，那一囤又一囤的玉米该脱粒了，童年没有脱粒机，原始的劳作方式就是在屋子里放一个炉子取暖，然后地上放一个大盆，在大盆里放一个玉米刮子。一个人，把玉米放在刨子上，向下一推，一行玉米就脱落了，反复几下，一个玉米所剩不多，然后用两个玉米棒子相互摩擦就颗粒归盆了，只剩下玉米芯，光秃秃的。

玉米刮子形状各异，有的是从集市上买的，结实耐用，我家的玉米刮子，是父亲用他的木工刨子改制的，中间的地方钉一个铆钉，然后将铆钉的尖磨成圆形的，就自制成了一个玉米刮子。

一到冬天，天太冷，门都不敢出了，就躲在家里研究吃喝，吃完饭了，就开始剥玉米。在乡村，剥玉米也是一种技术活，一个人，在玉米刮子上刮，几个人拿起刮好的玉米棒子剥玉米粒，家里人，配合默契。

父亲刮得快，不一会儿就扔了一大盆，母亲和我们抢着拿起来，用手一拧，玉米就脱落干净了。在乡村，这种场景，会长在每一个孩子的心里。我们盼望冬天，因为它有漫长的寒假，可以放飞自我，但是又怕它，那一囤又一囤的玉米成了负担，吃完饭，哪里也不准去，就蹲在堂屋开始剥玉米，此刻，谁也不能偷懒，这无声的家庭契约，每一个人都得遵守。

家里的那个玉米刮子用了十来年了，中间刮了一道深深的凹痕，表面磨得光滑、细腻，没事的时候，我总是喜欢用手去抚摸它，乡下人粗糙的手和它细腻的表面形成一种对比，让乡下人记住了苦难的力量。

乡村的勤奋在于和时间赛跑。

看着一个又一个囤，就这样一天天矮了下来，直到它彻底消失不见，突然发现我们的手掌磨得血红，似乎粗糙得要破皮了。这种工作对于父母而言不算难，他们满手的老茧足够应付这些玉米的摩擦，是生活把他们的细腻拿走了，留给他们的，是一双双粗糙的手，带着深深的裂痕。

冬天，每次看见他们的手，内心就会掀起一阵波澜，是父母替我们挡住了风雨，每年的这个时候，父母都会给我上一场关于生活的展示课，做一场无声的报告会。

一个人，看在眼里，疼在心里，那个时候，心里暗暗下决心，一定要争气，不能给父母丢人，一个人远走他乡，或许就是为了当初堵在心里的那一口气。

如今，父亲不在了，似乎那一口气也散了不少，每年冬天，我都会想起那段往事。

全家人对于冬天的最深印象，就是一家人聚在一起，父亲说着故事，母亲给我们猜谜语，那个时候，我和姐姐清脆的声音落在堂屋里，一阵阵笑声，触摸到了生活中的温度。

在冬天，人们一般不去别人家串门，因为冬天所有人家都在剥玉米，如果到了别人家，主家要泡上茶，男人要陪着抽烟拉呱，这个时候，串门人很是不好意思闲下来，也坐在凳子上帮忙剥玉米，一个上午，拉着村庄的人与事，谈一谈这大地上的庄稼，聊一聊那些久远的时光。

如今，农村的条件也好了，脱粒机在田里就把玉米脱粒装袋，整个冬天更闲了，可是，总觉得乡村清冷得可怕。

父亲去世后，母亲再也不种地了。

我家的那个玉米刮子没了用武之地，它躺在屋子的一角，上面落满了灰尘，布满了蜘蛛网，如被生活打入冷宫，它静默着，与生活再无交集。

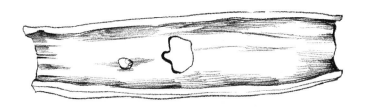

钟表，一个人的时间观

　　在我童年意识里，钟表所显示的时间远没有星辰靠谱。那个时候，家里穷，买不起钟表，父亲总是揭开窗户上的帘子去看星辰，根据星星推算时间。

　　我根据父亲推测的时间去上学，居然和钟表叫醒的其他学生一样，能够准时抵达学校。

　　这个秘密一直保留在我的心里，这种事，我从不敢对人说，怕别人笑话我家贫穷，居然连一个钟表都买不起。可是，直到一件事情的发生，我才觉得父亲根据星辰的推测不太靠谱，从此对父亲推算时间的本事开始产生了怀疑。

　　那年冬天，天很黑，云层很低，天空中少了星子，父亲把我叫起来，说时间到了，我不情愿地从被窝里爬起来，穿上衣服，洗了一把脸，就去上学了。那时候，有个和我一起去镇上上学的小伙伴，我敲开他家的大门，他说，才三点多，就去上学啊，我看着他家钟表上的时针指向那个数字3时，才突然感到一阵羞愧，或许，这是一个人的童年里最尴尬的记忆。

　　他让我钻进他的被窝，我又昏昏沉沉地睡着了，直到钟表敲响六点多的时候，我俩起床洗脸，然后步行去了学校。

自从那天以后，我再也不愿意相信父亲了，不愿意和父亲说话。母亲知道事情的来龙去脉后，偷偷和父亲商量，准备买一个座钟回来，放在堂屋的桌几上。

这个座钟看起来很古朴，一个木匣子，上面是时针分针，镀金的，看着明晃晃的，下面的钟摆，左右摇摆，像不倒翁似的。

夜晚，躺在床上，就能听见分针走路的声音，咯吱咯吱，每次到了整点，这个座钟就会发出撞击声，声音清脆，夜里能传出很远，以此告诉人们时间。

这个座钟，一直陪伴我的初中时代，可是它的坏处就是，在你睡得很香的时候，突然就响了，让人心里很是不爽。

钟表的误差，也让我吃过亏。记得有一次，我看到钟表上显示六点，就急匆匆起床，往学校赶，可到了学校，班主任站在讲台前，询问我为何迟到，我心里纳闷，以前每次都是六点起床，今天也是如此，竟然迟到了。

放学回家，我听评书杨家将，它是十二点准时开播，可是评书开播时，这个座钟才十一点五十，它居然晚了十分钟，怪不得上学迟到了，我赶紧调整好座钟的时间。

从此以后，我每次放学的第一件事，就是调整时间，生怕它再慢一些，影响我的上学时间。这是一个乡下少年的故事，或许也是一个村庄庭院里的故事。

在 20 世纪 90 年代的中原，无论你去谁家，桌几上的正中央一定有一个座钟，它吱呀吱呀地走着，记录着中原人家平淡而又充实的生活。

与火有关的器皿

火，让人类进入熟食时代。

古人如何在林间狩猎，分解，用火烧，这些只能靠想象去填补。我所经历的故事，是关于火的生活。

乡村的火，源头处，是不同时代的智慧。

古老的火柴，是火镰。

爷爷常说，在他小时候，家里生火，就是靠火镰，火镰的形状弯弯如镰刀，因此得名。它与火石相摩擦，就忽闪出火苗来。

那个时候，生活太清苦了。一个火镰，就足够让生活有滋有味了。有时候，觉得古人太聪明了，这样的两个小物件，一摩擦，就能冒出火焰来。

在家里的那棵大槐树下，爷爷常给我讲火镰的故事，它通过言语进入我的世界，让我的好奇，一直都浮现着火的光芒。

直到有一次，在村西头一个老爷爷家里看到。老爷爷给我演示火镰是如何从静物冒出火焰的，一块石头，一把铁，让黑夜有了另一个模样：灯火通明，人间可爱。

火镰渐渐淡出了舞台。

取代它的，是火柴。在乡村，火柴便宜，又携带方便，深得人们喜欢，因此在那个时代大为盛行，每一个人，都与火柴相伴相随。

火柴盒，方方正正，里面躺着二十个火柴，像二十个兄弟，它们一起享受着时间赋予的一切。

火柴常在的地方，是灶台。人们一般会在厨房的砖缝里，塞一盒火柴。每次做饭时，烧火人就把它拿出来，在火柴盒两边棕色条上一擦，刺啦一下，就有火焰冒出来。

那棕色条，是磷。刚开始，火柴划一下，就着了，随着用的时间的增长，如果火柴再潮湿一些，烧火人不停地划，也划不着啊，等着烧火，烧火人越划，心里越着急。

直到有一根火柴，冒出火焰，这个厨房才安然一些，炊烟袅袅，与这家那家的炊烟，相互迎合着，组合成乡村的炊烟图。

火柴头，有绿色的，有黑色的，有红色的，我喜欢红色的火柴头，觉得它喜庆一些。

在乡村，基本每一个男人的口袋里，都装有一盒烟和一盒火柴，男人们打个照面，就递上烟，然后拿出火柴给对方点上烟。特别是冬天，风大，点火柴的人，就会把手拢在一起，挡住风，看火柴头着火了，才靠上去点烟。

香烟社交的乡村，注定离不开一盒火柴。

虽然它那么微不足道，但是足够点燃乡村人情关系的火焰。在乡村，它具有物理属性，点燃灶火，点燃一盏灯。更具有精神属性，一盒火柴，让乡村的人情门户，靠得更近。

小时候，和父亲一起去买烟，代销点总会捎上一盒火柴，这微不足道的一盒火柴，在细节上让农人觉得温暖多了。

夜晚，一个人去厕所，太黑了，便点燃一根火柴，这微弱的火，点燃一个少年的勇气。

火柴，似乎那么美好，可是，也有让人心碎的时刻，记得童年的回忆里，一些少年，拿着火柴去放炮，点燃一个就扔向远处。

或许，是儿童的本性暴露，他们将炮扔进雪里，扔进缸里，扔进碗里，扔进一个瓶子里，扔进一个麦秸垛里。

随着一声响，炮就炸了。刚开始，不觉得啥，可是一会儿的工夫，这麦秸垛就呼呼地燃烧了。许多人，看见冒出来的火焰，急忙拿着水桶接水灭火，一个麦秸垛，最后只剩下焦黑的脸孔。

或许，一个人正走路，抬头看见一个焦黑的麦秸垛，那定然是一个孩子的杰作。

火柴，记录着生活，可是却消失于生活。

打火机的出现，让火柴淡出人的生活。刚开始，打火机是煤油的，火焰亮，冒出来一阵浓烟，一段时间，煤油就完了，需要往打火机里加满油，再接着用。

打火机的出现，似乎更方便了，只需要轻轻一拨火轮，就冒出火来。

当打火机在乡村遍地开花的时候，火柴彻底归隐了，它坐在那里，看着人间，再也与它没有关系了。

它坐在那里，像个无用之物。

这个时候，我想起一个词：壮志难酬。

砖坯模子，为砖而活

电影《隐入尘烟》有一个镜头：马有铁和曹贵英在大雨中，努力地用塑料布盖晒干的土坯，雨太大了，砖坯塌了，他俩累瘫在地上。

看到这个镜头，突然有一种想哭的冲动，这分明就是我童年的样子。

盖房，是一个家庭的大事，那时候，磕砖坯、烧窑，都是一个村庄的事。一个人想要盖房了，就先磕砖坯，一些关系要好的人，就会来帮忙。找天气好的日子，一群汉子，光着膀子，一身泥，汗珠子滚下来，那一身腱子肉，在阳光下显得那么好看。

我是个看客，说实话，看见别人干得那么带劲，自己也想去玩一下，趁他们中间休息的空闲，我就偷偷地拿着砖坯模子，里面塞满泥，用手抹平，然后倒扣在地上，拿起砖坯模子，看着板板正正的砖坯，心里高兴极了，有时候也在砖坯上写上自己的名字。

那个时候，我总是对劳动充满了轻视，认为磕砖坯太简单了，可我看见父亲手掌上的血泡时，竟然有了疑惑，那么容易的工作怎么就长了血泡？殊不知，一个人，一天磕几百个砖坯，那是多大的工程量啊。

磕砖坯，一般要在日光强烈的日子，那样砖坯才会晒干，然后飞快地入窑烧。

我曾经看见一家人，在风雨中哭成了泪人，夫妻两个人，在风雨中拼了命地保护砖坯，可是雨太大，砖坯塌了，夫妻两个人，坐在地上放声大哭。

第二天，女人病了，不吃不喝，或许，这心病就落下了。一个人，知晓砖坯对于乡村的重要意义，一个月后，两个人振作起来，重新码起砖坯。

乡村的意义，就是在生活中体味着喜怒哀乐，没有人能够逃脱乡村生活的逼视。

砖坯模子，是乡村的公用物。

木头制作的盒子，不金贵。谁家磕砖坯，就去借来，父亲

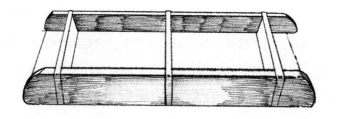

是个木匠，我家不缺这个，时常有人在深夜敲响我家的大门。

打开门，倒上茶，寒暄几句，便直入主题，父亲想都不想就答应了。在村庄里，谁家没个难事，相互帮衬才是乡村最真的生活哲学。

第二天，吃过饭，父亲就去帮忙了，那家人的眼睛里流露出感谢的目光。那光芒，长在眼睛里，或许会一辈子念着一个人的好。

人越多，活干得越快，砖坯码好后，连续晒几天，干透了，运到砖窑里，点火，看呼呼燃烧的大火，连续烧上几天几夜。

出窑的时候，全村人都来观看，一窑砖，就是一个家庭的希望，全村人都在祈祷砖干净些，少些琉璃头。当打开窑的那一刻，砖干净光滑，全村人都鼓舞欢悦；如果这一窑砖模样不佳，全村人都黯然失色，似乎这是一个村庄的悲伤。

村庄有多少房子，便有多少不眠的夜晚。

每一座房子，都对应着烈日灼烧的热。滚烫的汗水，从背上滚落下来，落到地上，摔成了几瓣，一个人努力的样子，注定会被村庄记住的。可是，人们在建起一座新房子后，便不再关心那个砖坯模子了。

乡村的递变，是颜色的变化。

从蓝砖到红砖，砖坯模子刻出来的砖坯，依旧那么方正，可是住进新房子的人，开启了一种崭新的生活。

人间瓦房的故事，长在大地上。无数个夜晚，都有一个人想起过去的日子，那些掌管生活的人已经老去，他们和砖坯模子一样，老成了岁月的模样。

岁月静好，那些久远的故事，还在吗？

有些人，住在新房里，觉得砖坯模子再无作用了，他们将它劈成柴火。在某一个清晨，将它们送进灶膛，它们噼噼啪啪燃烧着，最后化成炊烟的诗意，变成故乡里的草木灰。

乡下的小人书摊

一个少年贫瘠的精神，被小人书喂养得如此光亮。乡村的故事，被少年拉长了刻度，那个蹲在小人书摊前的少年，从中午看到黄昏，然后才恋恋不舍地回家，心里洋溢着的欢喜，像湖水中的涟漪，不停地扩散着。

乡村，是缺吃少穿的，是缺少小人书摊的，小人书摊坐落在小镇上。我与它之间的交集，是每个月的集会，我跟在爷爷的后面赶集会，爷爷到了镇上，就找熟人喝茶去了。

中午的时候，爷爷和熟人喝一杯淡酒，日子过得也算舒坦。他到了镇上就不管我了，把我一个人扔在小人书摊前，我看得津津有味。一个少年，欢愉过乡村的自由自在，那么多的游戏都无法唤醒一个人内心深处的光亮。那个在大地上奔逃的少年，一直活在沙包与橡皮筋的欢喜里，可是精神上的荒漠却无法在乡村游戏中得以剔除。

唯有在小人书摊前，我才如鱼入大海，一个少年对于小人书的偏爱是如此执着。

这个小镇，一共有两个小人书摊：一个在小镇的北面，小人书一排一排地躺在一起，它们被夹子夹住，一本一本挂在一条绳上；另一个小人书摊在小镇的南边，地面上是一个个木格子，里面摆满小人书。

这些小人书被风吹着，犹如故人对我的呼唤。每次赶集会，看见它们，就觉得我冷落它们太久了，一个人，蹲在它的一侧，把一个上午的光阴都交给了它。

时间过得真快，一个上午就这样不见了，当爷爷醉醺醺地来找我时，我才恋恋不舍地离开它。回到家里，翻开日历，算着下次与它相见的日子。那些天，眼巴巴地数着日子，咋觉得过得这么慢，像个步履蹒跚的老人。

终于盼到了去赶集会的日子，爷爷也乐意带我去，他又可以喝酒去了，我俩各得所乐，我乐我的小人书，他乐他的一场酒事。

小人书摊上，密密麻麻的小人书让我觉得眼睛太少了，看

不过来。这个时候，想多长几双眼睛，就能多看几本小人书了。

这么多年，在小人书摊面前遇到过的书，大致分为这样几类：一是历史演义和武侠，像《岳飞传》《杨家将》《隋唐演义》《水浒传》；二是抗战题材，譬如《铁道游击队》《地道战》《地雷战》；三是神话小说，像《白蛇传》《牛郎织女》《沉香劈山救母》。

我最喜欢的，还是历史演义和武侠类，每次看它时，都觉得自己也是一个大侠，在回家的路上，两个手不停地比画着招式，似乎与另一个看不见的人在比武。

小人书摊，是孩子们的世界，许多小脑袋挤在一起。书摊的主人，也一脸和气，不会因为我们不买而驱赶我们，总是不停地提示我们，别把书页弄破了，我们小心翼翼地翻着小人书，心思早就沉到故事里去了。

那么多的小孩子，在小人书摊的面前竟然出奇的安静，这是我想不到的事，在学校，闹哄哄的课堂，他们能把屋顶掀翻。可是此刻，这里只有风吹的声音，他们一个个安静极了。

小人书摊，是一个懂得分享的地方，一个人看了一本时兴的书，另一个人眼巴巴望着，看书的少年从眼神里读出了另一个少年的意图，飞快地看完，便递给他。

在这里，每一个人都那么无私。

在小人书摊面前，他们学会了一个影响他们一生的哲学问题：与人方便，就是与己方便。

乡村手艺人

乡村贫瘠的生活，总是被一阵锣声所敲醒。一些蹲在门洞里打牌聊天的乡下农人，开始三三两两走向锣声发出的地方。

在乡村，锣像个集结号，将村庄的每一个人聚集在一起，这种自觉的汇聚让乡村带着一种振奋，他们期待着视觉盛宴里上映另一种形式上的精彩。

锣声的世界，藏着各种惊喜。

一个艺人，通过锣声的召唤，将整个村庄的人聚集在一起，然后施展本领，目的就是推销那些止疼药，而农人所期许的，就是给死水一般的乡村掀起一点波澜。

这样的场景，一定引起过你的共鸣。

在你的意识里，有着无数次这样的场景：魔术师来了，杂技演员来了，会功夫的人来了，说书人来了，耍猴的人来了。

形形色色的手艺人，以天地为舞台，给村人上演了一场精彩绝伦的表演。说实话，在我走出村庄以前，总觉得那些手艺人激荡着我内心的一片湖水，向往他们这种说走就走四海为家的洒脱与自由。

　　他们走的时候，我的内心竟然有无尽的失落。可是，乡村的故事，一直在上演，我目光所见的手艺人，是那么的精明，他们用一张嘴撬开乡村淳朴的人性。

　　乡人沉浸在他们所营造的氛围中，目不转睛地看着他们表演，每一种表演方式，都足以让缺少见识的乡下人拍手叫好。这一辈子，村里的很多人没走出过村庄，或许，这一次的观看，会成为乡村谈笑许久的话题。

　　在村庄见识多了，也看得出他们的套路：一般而言，耍猴人和胸口碎大石的功夫人，是卖膏药和止疼药的居多，而那些表演魔术的和杂技的，多半是为了收几个钱。

　　这种表演，一般在晚上，白天，乡下人都在田野里劳作，农活赶着他们，定然无心观看，到了晚上，累了一天的农人就闲了下来，这些节目恰好能填补他们单一而劳累的生活。

　　表演完之后，就散场了。

路上，到处是电灯射出的光线，我们借着灯光回家，这些手艺人是如何蜷缩在别人家门洞睡了一夜，没有人知晓。

第二天一早，这些人就开始一户一户地敲开乡村人家的大门，他们手里拿一个塑料袋子，有钱的人家，给个一块或五毛钱，没有钱的人家，给他们几个馍，可以让这些手艺人填饱肚子。一圈下来，一袋子就装满了，这就是他们的盈利方式。

也有一些不厚道的乡下人，晚上看了人家的表演，第二天清晨，当别人敲响大门时，他们从门缝里看到是手艺人，就故意躲在家里不开门，伪装成家里没有人的假象，这些手艺人敲一会儿，没人搭话，就走了。

乡村也是一个江湖，百人百性，都在这一块土地上浮沉着，每一个人都知晓彼此的秉性，有时候，也只能相视一笑，明白彼此的为人。

少年的生活，是那么的寡淡。

每天，都在重复中活着，只有锣声响起来的时候，庄户人家才振奋一些，他们知道有手艺人来了。这些手艺人，像一股风吹醒他们闭塞的生活，一些人，开始向往外面的世界。

表演结束后，一些男男女女便围住这些手艺人询问外面的世界，城市里的马路，奔跑在铁轨上的火车，询问住在楼房里的人是如何上厕所的……一些可笑的问题，从他们的嘴里飘出来与笑声一起落在这块土地上。

乡村手艺人来了，又走了，可是他们刮起的风没有停息，一些人，心随着手艺人走了，他们觉得村庄太小，容不下他们的精神和灵魂了。

在某一个深夜，一个青年去了南方，像一块石头落入池水，从此再无消息。

磨剪子锵菜刀

乡村的清晨，比鸡鸣更早的是悠长的喊叫声：磨剪子嘞——锵菜刀。

这吆喝声，在我看来，是中国最早的民谣。

它抒情而悠长，舒缓而久远。在中国，最早的民谣一定属于乡村，这吆喝声，就是民谣的一部分。

在清晨，一个人，喊响了乡村民谣，民谣的魅力在于另一个人，听到悠长的吆喝声，即使不听词，也觉得优美。

吆喝式的民谣，打破了乡村沉闷的一面。

乡村，太安静了，每一个人，都躲在自己家里，劈柴，生火，重复一天单调的生活。可是，一声悠长的吆喝声，从街道的这头传到那头去，让一个人走出家门，招一招手，相互都懂了彼此的意图。

一个村庄，也被这一声声吆喝声叫醒，一些人，再也睡不着了，起床，洗脸，打开大门。

出门，他们看到一个人，一辆自行车，一个条凳，一个挎包，这是磨剪子锵菜刀的全部家当。

磨剪子，是一个费工夫的活，磨剪子的手艺人，将剪子反扣过来，开始用砂轮打磨，他一边用手摇动砂轮，一边将剪子放上去，磨个大概，用手去试探剪子的厚薄和锋利程度，知晓了大致情况，也就好对症下药了。

我一直觉得，磨剪子锵菜刀的手艺人，一定是一个注意细节的人，他们一丝不苟，在工作的时候，全心投入。

中国匠人，无论是民间还是庙堂之上的，都有一种忘我的精神，他们从坐在这里的那一刻，似乎自己就不是自己了，他就成了手中之物的主宰。

他面对着剪子和菜刀，望闻问切，目光和手就是一把尺子，能量出锋刃的厚度。

试出一把剪子或者菜刀的问题，他就开始着手工作了，坐在条凳上，条凳的一头是砂轮，另一头是油石，砂轮是"观其大略"，而油石才是"精雕细琢"，将剪子和菜刀，磨出锋，磨出光芒，磨出剪子和菜刀的精气神。

费了一个小时的工夫，剪子终于磨好了，匠人拿出一块布，用剪子轻轻一剪，布很轻松就被剪开了，一点也不夹剪子，这个剪子就算磨好了，手艺活换来的报酬，在那个时刻显得理所当然。

我是那个围观的闲人，喜欢在一旁看磨剪子锵菜刀的匠人如何将一把生锈的铁器打磨得锋利无比，这个有始有终的过程，让我觉得他们是一个艺术家。

看他们在一把剪刀与菜刀上开刃，出锋，将一把铁器拿捏得游刃有余，看他举轻若重的表情，有时候觉得这也不是一个轻松活。

我是个外行人，俗话说得好：内行看门道，外行看热闹。

我就是那个看热闹的人，可是我又是一个喜欢思考的看客。

我欢喜于磨刀的声音，又惊叹于磨刀人的手艺，一个人，借助最简单的工具，让刀器重焕光泽与锋芒。

他起身，拍拍身上的灰尘，把条凳放在自行车的后座上，跨上自行车，就走了。

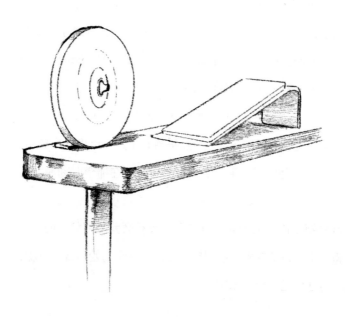

"磨剪子嘞——锵菜刀"，这吆喝声，依旧那么美好，那么具有韵律。

　　一种让人欢喜的吆喝声，成了乡村最好的风景，一个波澜不惊的乡村，因为一声声吆喝而变得更加鲜活。

吹糖人：这古老的歌谣

当铜锣响起来的时候，我正在院子里和泥巴，听到清脆的铜锣声，一下子就从地上站了起来，对着姐姐喊了一声：吹糖人的来了。

我们一阵风似的跑出院子。

当我抵达那个独轮车的时候，已经围满了孩子，他们仰着头，目光中充满惊奇与艳羡。只见他拿出一块糖稀，向中间一按，然后捏住外口，向外一拉，他就近拉一个孩子顺着吸管吹气，在吹气的过程中，他的两只手不停地揉捏着，一会儿，就捏合成不同的动物形状。

我们争先恐后地靠近他，目的就是能够获得吹糖人的机会。

哪个孩子能吹一次糖人，就能在小伙伴中神气几天。那个时候，我隔着重重的人头，向吹糖人的师傅喊道"师傅，我要个糖人"，然后小伙伴就让开一条通道，我付了钱，享受着吹糖人的福利，一个人的虚荣心得到极大的满足。

在中原，吹糖人的师傅走街串巷，为了几两碎银，他们天

天早出晚归。殊不知，这些被民间轻视的吹糖人技术，居然是国家非物质文化遗产。

小的时候，见识过很多吹糖人的师傅。

只要铜锣敲响，许多孩子飞鸟一般就聚拢在一起，目不转睛地盯着吹糖人的师傅，看他灵活的双手变幻出不同的事物，有花朵，有飞鸟，有人物……

有些师傅，用一支中空的麦秸秆，插在糖稀中，用嘴吹出孙悟空三打白骨精，吹出哪吒闹海……这微不足道的糖稀，在他们手中变幻出不同的事物，让我们拍案惊奇。

其实，我们眼中所见，只是一个吹糖人师傅的精彩瞬间，殊不知，为了这一刻，他在背后付出多少心血。年复一年，日复一日，他们每天与糖稀为伴，待在家里门都不出，尝试着糖人的各种创新与变化，试图突破传统，走向另一个天地。

在我们所见糖人呈现的那一刻精彩时，有谁知道，那些不被人所知的一面。

我们当然不去关心，吹糖人怎么就这么得心应手，更不去关心他们得心应手的糖稀到底是个什么东西。这是一种以白糖、麦芽糖为主要原料，用锅将其加热到适当温度，再经一个多小时熬制而成的。

文字里的糖稀，永远都与人之间保持着距离。熬制糖稀，实际是一个技术活，掌控温度很重要，火温度低了，糖稀太嫩，吹不成糖人；火温度过高，糖稀老了，颜色发暗，影响美观。如何拿捏得恰如其分，需要一个人不停地去尝试。或许，经过无数次的失败，一个成功的匠人才能出现在我们的面前。他熟稔糖稀的秉性，一双手运用自如。

一个人，走进乡村的时候，注定要接受诸多目光的检阅，他们瞪着眼睛，看一个人如何将糖稀变成糖人。

乡村最美的故事，就是一群孩子拿着糖人在街道上奔跑，他们用嘴抿着吹好的糖人，对于甜的贪念，即使面对着栩栩如生的糖人，也无法保持冷静。

后来，村庄安静了，铜锣再也没有出现过，听说这些匠人都成了非物质文化遗产的继承者，他们可以足不出户，就获得美名。

一个没有铜锣的村庄，似乎少了点什么。

一把蒲扇

一把蒲扇，呼扇呼扇地出现在某一个炎热的夏夜。

乡村，是属于蒲扇的世界，无论男女，手里都会摇一把蒲扇，似乎手里没有蒲扇，这日子就没办法过下去了。蒲扇与热对峙着的乡村，我深有体味。一个人，热得睡不着，就躺在院子里数星星，母亲，就坐在我的一旁，拿一把蒲扇，不停地给我扇着，居然在昏昏中睡去了。

爷爷手里的蒲扇用了很多年，蒲扇周身针织的扇沿已经脱落了，只剩下一片扇面，中间开裂了好几处。一个人对于蒲扇是有感情的，我给他买了一把新蒲扇，可是他竟然不舍得用，吃完饭去街上聊天，仍拿着那把旧蒲扇。

大人眼里的蒲扇，可能仅仅是一种消暑的工具，可我眼里的蒲扇，却带着一个孩子久远的梦。一把蒲扇，承载着一个孩子的童年。那时候，电视里热播《济公》，看见他手里的那把蒲扇，我们就开始模仿，孩子们一见面，就唱了起来：鞋儿破，帽儿破，身上的袈裟破，你笑我，他笑我，一把扇儿破。一个神仙，全身破破烂烂，活得却很洒脱，这是一种教育，生活的真谛不在于贪念，在于自足。

盛夏太热，每人一把蒲扇，可是蒲扇所对应的乡村，应该是什么样子呢？

我觉得，蒲扇所指引的生活，应该带着一种习惯，一个人在蒲扇中知晓盛夏的心境，烦躁之后，便得安宁，不可沉浸在抱怨之中，让盛夏在蒲扇中安宁下来。

那个时候，我们都会调皮，常聚在一起，唱着自编的民谣："小扇有风，拿在手中，朋友来借，不中不中，要想借小扇，等到寒冬大腊月。"大雪纷飞的冬天，我们想起盛夏，也不觉得它那么热了。可那个时候，一个人却无法忍耐酷暑对于人的折磨，无论去哪儿都是热的，一会儿去了堂屋，拿着蒲扇呼呼扇一会儿，热，又跑到门楼下面，呼呼扇一会儿，还是热，最后受不了，一个人偷偷地下河去了。

我家的灶台前有一把蒲扇，破烂不堪，这是爷爷用过的那一把，自从爷爷去世后，这把蒲扇就用来给灶火扇风了。

在乡村，任何一种事物都有大用，蒲扇也是如此。虽然它没落了，可是它扇起灶膛里的火苗，让乡村生活生出更大的温馨，这个时候，我们注定不敢轻视一把旧蒲扇的。

或许，旧就意味着怀念。

一个人，在怀旧中更加抵达乡村的本相。

那个时候，一个人坐在床上，酷暑难耐，睡不着，拿一把蒲扇不停地扇，看见一只蚊子，落在胳膊上，用蒲扇飞快地扇去，速度足够快，就留下一片血迹。蒲扇驱赶蚊子，让盛夏的生活多了不同的趣味。

背痒了，用蒲扇去挠一挠，感觉舒服极了，一把蒲扇所对应的所有功能在盛夏中缓缓展开。

如今，空调吹过的乡村再也见不到蒲扇的影子了，一段光阴也被吹到历史的角落里。

谁还能记住一把蒲扇，记住盛夏里的影子。那些睡不着的星星在深夜里活着，那个数星星的孩子已经长出了白发。

墨香与木香

父亲是个木匠，一辈子都与木头打交道。

从我记事开始，家里就有一堆工具：刨子、锯、墨斗、胶。这些工具上，都沾满了父亲的气息，他一个人执着于木头很久了。

一个木匠，最大的本事就是能弄清木头的纹理，能够根据纹理去处理木头。木头的纹理犹如人身上的筋骨，熟悉了，就能破解木头的一切困境。

父亲做木工活的时候，我总是托着腮看他，发现他的每一个动作都是那么帅。他锯木头的时候，胳膊那么孔武有力，三下五除二，一根圆木，就变魔术一般变得方方正正。

一个墨斗，就让木头变得服服帖帖，这是我想不到的。在那个院子里，我家的树上，我家的墙上，我家的门上，都被我用墨斗量过，姐姐在这头，我在那头，我扯着墨线一点一点放远，然后拉起线一丢，嘣的一声，一条笔直的线就留了下来。

我喜欢闻墨线的气味，一种墨香。有人说，墨水是臭的，可是我却有一种癖好，喜欢闻它的气味。或许，是我精神太荒芜了，在乡村，说一个人学问大小，就说肚里喝下去多少墨水，这是一种比喻，可是我却把它当成一种实指。每次父亲要拉线的时候，我都颠颠跑过来，我在这头固定住，父亲放线，当他嘣响墨线的那一刻，我觉得是那么幸福。

我和父亲，像两条不同流向的河流，父亲喜欢闻木头的香气，我喜欢闻墨斗的墨香。

两个人，生活的重点也不一样，父亲这一辈子没走出这个村庄，他把自己的一切都交给了这个村庄，多年以后，也会把自己的身子交给这片大地。他这一辈子，欢喜于草木，一个人，伺候了草木一辈子，可是，我却喜欢闻墨水味，渴望拥有知识，然后离开这个村庄。两个人，两种心理，一个人舍不得村庄，另一个人渴望逃出这个村庄。

虽然我俩志向不一样，但是不影响我对父亲的崇拜。父亲

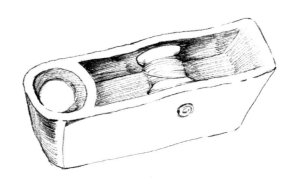

钟爱木头。他刨花的样子，那么用心，一丝不苟，让木头开出花朵。在这个冬天，光秃秃的木头开出了白色的花朵，它们纷纷飞落，落了一地。冬天，有一种花是属于父亲的，它开在父亲的手里，开在父亲的刨子里，这种花也开在我的心里，父亲有多欢喜，我就有多欢喜。

父亲钟爱的木头，就是他命里的一切。

他把木板用胶粘在一起，然后用绳子捆绑着，中间夹一根棍子不停地拴紧木板，直到棍子紧不动了，父亲才让它靠在墙上。就这样，粘上几天，三块木头就变成了一块，父亲在木板上刨花，让它的表面光滑细腻。一块木板，成为桌面，成为案板，成为大衣柜，他像变魔术一样，让木头在乡村变出不同的花样，将一个中空的房子，填补得满满登登。

父亲，是个手艺人。

每年，都有人请父亲去做木工，他一早就背着工具箱出门了，直到天黑透了才回到家。或许，一个人掌管木头的时候是幸福的，就像母亲掌管烟火一样。

父亲是一个无欲无求的人，他这一生，只喜欢与各种木头打交道。他说，每种木头的香气不一样，脾气也不一样。我常觉得父亲在说胡话，木头哪有什么性格，木头就是木头。一个人关于木头的理解，就是这样的。父亲眼中的木头，像一个个朋友，他喜欢与木头对话，像朋友那样对话；我眼中的木头，只是一个无用之物。

父亲这一辈子，游走在木头之间。

他去世的时候，也睡在一个木匣子里，他生活的尽头，完全与木头融在一起了。

一个时代老院儿

它是一个实指，也是一个虚指。

或许，它指向一个具体的院子，所有的往事都随着它一起浮现。那里，长满了一个少年的笑声，与院子里的瓶瓶罐罐一起组合成一个真实的世界。

说它是虚指，因为每一个人的脑子里都有一个老院儿，那里存放着一个人的童年。具体说说老院儿什么样子，有时候又说不清楚，它既存在着，却又模糊着。

老院儿，却一直在变化。爷爷在的时候，老院儿是父亲心里的老院儿；父亲在的时候，老院儿是我心里的老院儿。

从乡村走出来的人，无论走过多少座山，跋涉过多少条河，他的心里一定有一座院子，土墙，蓝砖蓝瓦的房子，墙面上的砖，开始风化，墙根处堆满细小的屑末。

你是那个走出村庄的人，你坐在城市的某一个单元房里，心里念着一座老院儿。

没有人能逃脱老院儿的折磨，这么多年过去了，许多人都长了白发，可是还想着找一个日子，让孩子带他回老家一趟，回去干什么？他也说不清楚，村庄里的亲人都不在了，可是，他就是想回去，看一看那片大地，看一看村庄，看一看他生活过的老院儿。

我曾在陕北碰到过从中原来的人，他们来这里居住已经超过三代人了，可是他对我说，在梦里，他总是莫名地梦见一个老院子，那里有一棵梨树，一到秋天，就结满了梨。我知道，他说这句话的时候一定是想家了。在他的心里，一定有一座老院儿，他像老院儿里的一棵树，无论根须伸向何处，都觉得他的枝叶就在那个院子里。

老院儿，是一个人身上的铭文。

一个人，就像被刺字了一样，走得越远，似乎罪过越大，

他远离了祖坟，远离了父母，远离了童年的一切。回不去的故乡进不去的城。一个人，像一个矛盾体，在城市里，他念念不忘老院儿，可是当他回去的时候，站在那片生养他的大地上，又显得格格不入。或许，他念的，不是一个实指，他念的，是一个虚指，这里面，隐藏着童年的气息和一切美好的源头。他无数次告诉自己，放下吧，可是看见"老院儿"三个字，心里又像一块石头落了水泛起无数涟漪。

乡土中国，血脉处的大地，一直涌动着一种乡愁般的痛苦，一个人的怀乡病是治不好的，深夜独坐，一盏灯下，他就想起了童年的灯火，母亲就坐在灯光下面缝补衣服。

一个人，被月光捆绑着归乡，在月光下，他似乎看见父亲正背着一筐猪草从地里回来，他走进老院儿，与那个院子一起成为一个人的庇护所，成为一个人的精神殿堂。

他把自己的乡愁供奉在那个殿堂里，只要遇见了某一个日子，譬如中秋、重阳、端午，就有无数的记忆撞击着老院儿。

打开老院儿的大门，看见一条通向堂屋的路，母亲就坐在那里，等待着一个人回来。

老院儿，说远不远，就在记忆里；说近又不近，永远也上不了岸。

一个人，在生活中游了太久，也没有回到老院儿，回不去了，他应该知晓：一座荒废的院子，承受着乡愁的山峰。

村庄的大队院

每个村庄的重心，就是大队院。

说实话，大队部虽然和政治关联着，可是它却不高高在上，它与村庄的鸡毛蒜皮的事情都有着诸多关系。

谁家婆媳有了矛盾，就来这里，大队干部坐在一起调和家庭矛盾。有些大队干部，也木讷，和农民一样，只吧嗒吧嗒抽烟，看见双方互不相让，气得连连摇头，他看到世风日下，人心不古。

大队部，没有围墙，只有三间房子，前面是个空地，农忙时，很多人把这里当成打麦场，金黄色的麦子晒了一地。

冬天空闲时，社戏的舞台就在大队院里。

女人坐在空地上，听咿咿呀呀的豫剧，男人看不了这些，咿咿呀呀半天，还不知道唱的啥，情节推进太慢，让人觉得压抑，就去大队部的屋子里喝茶去了，大队干部也在屋子里作陪，一些人喝着茶，谈着一年的收成。男人们待在一块，开着玩笑，一支烟一支烟地相互让着，这里烟雾缭绕，犹如人间仙境。

大队院，其实也是一个清闲的地方，大队干部都在地里劳作，平时也不来这里。

院子里的喇叭，整天也像个哑巴，只有谁家的孩子找不到了，会来大队院打开喇叭，吆喝几声，这孩子就回家了。

喇叭的功能，单一。

大队院里有一块空地，村长说，村里缺一个学校，建一所吧，于是整天去镇上申请这件事。第一次申请被打回来，大队支书继续申请，直到申请了五次，镇上批复了。一年时间，一座学校矗立在大队院的一侧，这个学校让大队支书走路时腰杆更直了，他为一个村庄做了一件善事。

大队部，还在原来的地方，只不过三间土房子换成了明亮的平房，它看起来漂亮多了，可是它旁边的学校，就没有那么幸福，学校热闹了十来年后，突然被冷落了，孩子进城上学，再也不愿意在乡下读书了。

学校空了，里面长满了青草，可是大队院，依然是全村的政治中心，仍旧以一种安静的形式，实现着底层逻辑：为人民服务。

麦垛的记忆

在怀旧与乡愁的文字里，一定少不了一垛麦秸。对于北方的人而言，这景象再熟悉不过了，中原多麦，麦垛林立，煞是好看。

或许，也有无麦种稻的地方，垛也如麦秸垛一样，可我虽向往稻垛的青草香，但无福去看一看它们。我生活在北方，我的生命里，只见过麦秸垛。对于稻垛而言，麦秸垛更像一个梦。

芒种时分，青麦饱满，这个时候，是吃碾捻的好时候，割一些青麦回家，脱壳煮熟，放在碾子上碾成长条，浇上蒜汁，这是中原最解馋的时候，一个人，也只有在这个季节才能吃出麦子的清香味。

麦稍黄的时候，父亲赶着牛造场去了，犁地、耙地，撒一些麦糠，石磙轧瓷实，一个麦场就光滑平整，犹如一面镜子。

一阵风，吹来了麦子成熟的气息。

镰刀，开始掌控中原，你看，一个又一个麦垛在竞赛，谁家的麦垛大，谁家的麦垛高，都成为麦收时分的重要话题。

我家的麦秸垛高过其他人家，我家的麦地，也让我们发过愁。那一年，母亲生病住院，麦子黄了，父亲白天照顾母亲，夜晚在月光的照耀下，将二亩地的麦放倒了。第二天，舅舅们帮忙把麦运到麦场。日子里包含着痛苦与温馨，母亲的病与舅舅的亲情，让我的童年回忆多了不一样的色彩。

那年的麦子，格外香，也格外有人情味。

这么多年过去了，那一年的麦秸垛，一直活在我的命里，没事的时候，就想拿出来温习一遍。

麦子入仓，只剩下麦秸垛还在大地上，它那么安静，和天上的星子一样，把守着乡村的田野，听着风的歌谣。

麦秸垛，看似无用，站立在大地上，可又有谁知道，这一垛麦秸对于一个庄户人家的意义，灶台引火，耕牛的饲料。每天黄昏，我都要做一件事，去东地的麦秸垛上装两布袋干麦秸。其实，这是个轻松活。一个人，开始掏麦秸，把那些被雨水淋黑的扔掉，这些雨淋的麦秸，可以沤粪，滋养大地与庄稼；那些发亮的、具有金黄光泽的麦秸是牛的最爱。

我站在黄昏中，看见落日在远处，在麦秸垛的一侧，那个景象成为我童年的一面镜子，每次都能照出我的乡愁。黄昏下，一个人，在麦秸垛上掏出一个洞，这个洞，越掏越大，越掏越深。这种洞，也是一个安全的庇护所，它温暖，可以遮风挡雨，我亲眼看见过一个流浪汉，就睡在里面。

或许，那个下雨的日子，他实在是没地方住了，就住在我在麦秸垛上掏的那个洞里。

我的日常生活，竟然在无心中为一个流浪汉掏出一间房子，这房子，柔软，温暖。

　　麦秸垛一向都安置在麦场，从盛夏到寒冬，它那么稳如泰山，可是，麦秸垛就怕冬天啊。在冬天，我亲眼见识过几个调皮的孩子，掏出一些麦秸引火取暖，这火苗跳跃到麦秸垛上，一瞬间，一座挺拔的麦秸垛成为一片草木灰，那个主人垂头丧气的样子，让人生怜。

　　这一个冬天，日子不好过了，家里的牛，需要麦秸啊！

　　第二天，他就去一些没喂牛的人家借麦秸，和别人商量能不能匀一些麦秸给他，就这样，这家掏几麻袋，那家掏几麻袋，凑合着熬过了冬天，开春，牛就有了活路，青草遍地。

或许，麦秸垛虽然不是生活的重心，但是它对于庄户人家的意义也是不可忽略的。

　　一个人，记录麦秸垛的意义，其实就是记录着一个时代的物象。

　　那个时代，大地空旷，一个个麦秸垛在黄昏中，说着属于乡村的语言。

房子的编年史

祖父生活过的村庄，到处是一片草房子。

那时候，墙面是黄土堆积起来的，黄土和麦秸掺在一起，从根基处一寸一寸堆起来。屋顶，先把梁支起来，再将椽子铺满，随后在上面盖一层茅草和泥，一座简陋的房子就好了。

房子虽简朴，但能遮风雨。

祖父生活的时代，一个村庄，就是当时中国的模样，一家几口，挤在三间草房子里。用高粱秆编制的箔，将房子隔成三部分，一家占一间。家里空间太挤了，等到父亲结婚时，发誓要盖一座像样的房子。

他年轻时，去新密县拉煤，挣了一些钱，买了些木料和瓦，砖坯晒干，入窑烧火。

等一窑砖出窑的时候，父亲沸腾了，一个伟大的计划正在实现。找来亲朋好友，帮工的帮工，垒墙的垒墙，木工在门口制作梁、檩条和椽子，各干各的活，谁的活干完了，就去给另外的人帮工，人年轻，干劲大。

两个月，一座崭新的房子盖好了，蓝砖蓝瓦，看起来非常阔气。

这是父亲分家后，攒了三年的钱换来的。这个房子，见证了父亲一身的气力，为了盖它，他一走就是几个月；这座房子也见证了母亲的省吃俭用。

一个家庭的雏形，就这样安定下来。

随着姐姐的长大，母亲说："女孩大了，住一起不方便，再盖两间东屋吧。"

人，有了目标，才有奋斗的动力。

前几年没有计划，父亲喜欢喝酒，整天在酒桌上，自从有了盖东屋的计划后，父亲酒也不喝了，香烟也不买了，去集市上买几斤烟叶，自己切碎，用我的小学课本裹起来，用嘴一抿，用火柴点上，那种舒服劲，似乎比抽支烟更惬意。省下来的钱，

父亲从集市上买来预制板，买来红砖，那个时候，盖房流行用红砖了，蓝砖成了时代的弃儿。

父亲找来了村里的瓦匠，把两间平房承包给他们，他们又是打地基，又是搭架子，就这样用了几个月，房子盖好了。

一座平房，比堂屋的瓦房更阔一些。

平房最大的好处，就是登高望远，顺着楼梯爬上去，可以晒棉花、玉米、大豆，那个时候，我家的平房，是我家的晒麦场。

父亲起得早，洗把脸，坐在平房上，泡一碗浓茶，打开收音机，听着戏曲，喝着茶，看着炊烟包围了它，乡村的美好，在炊烟袅袅的故事里。那个时候，我家的房子算是我们村最好的，也曾博得过别人艳羡的目光，那个时候，父亲走路时腰板也直了不少。

自从我上学以后，父亲把家里的收入都用在了我身上。别人家的孩子早早就辍学了，去了深圳打工，一年也挣个四五万元，家里的收入再存一些，人家的日子更加好了。他们对父亲说："上学干吗，花钱不说，出来挣钱多少也不知道！"

父亲不说话，依然供我上学。

那个时候，乡村变了，低矮的瓦房和平房已经不常见了，人们开始盖楼。

等我放假回家，看见一座又一座高楼拔地而起，我才觉得人这一辈子，真是三十年河东三十年河西，我家的房子，在一座座明净的楼房中显得那么低矮。

曾经的骄傲，如今成了一种羞愧。

父亲老了，再也没能力去翻新房子，我知道，父亲最大的愿望就是在有生之年看我把三间瓦房翻新翻新，让他能够走路腰硬气一点。可是，我无比愧疚，我在城市里买了楼房，再也不想回去了，这个院子，再也不会翻新了。

父亲去世的时候，家里还是旧模样，或许，这是我这辈子亏欠父亲的债。

沾满泥土的布鞋

在乡下，布鞋是乡村的印章。

每一条乡间小路上，都有一双脚印述说着一个人走过的故事。一个人，穿着它，从村庄出发，跋涉千里，抵达一个陌生的城市，可是，谁知道这些穿布鞋的人，曾经都被乡村的生活喂养过，他们知晓乡村的每一个细节，他们听惯了鸡鸣狗吠，见识过一盏灯下那一双结满老茧的手。

布鞋，代表着乡村的真实生活。

一个人，如果选择一个与乡村联系最紧密的事物，我一定把这一票投给布鞋。

乡村的布鞋，是每一个有着乡下经历的人都无法忽视的，他们穿着布鞋，一双脚舒服起来。在城里，我穿皮鞋，脚臭得不行，母亲托人送来一双布鞋，穿上一段时间，脚就不臭了。

我觉得布鞋会呼吸。它能吸进来清新的空气，吐出污浊的臭气。一个穿布鞋的人，知晓布鞋的好处。

从我记事起，母亲就一直离不开笸箩。笸箩里面，摆满了针头线脑，剪子顶针啥的，每天夜里，母亲都在灯下做鞋。一家人穿的鞋、棉衣、棉裤，都是她一针一线拉出来的。

小时候，母亲要打袼褙，需要一些报纸，就让我去校长办公室拿一些回家。我颤巍巍去要，校长笑一笑，给我递过来一沓子，他知道，要报纸的人，要不糊墙，要不就是打袼褙。

我家那一面向阳的墙上，沾满了糨糊弄的袼褙，通风，晒太阳，一个童年的回忆，都在那一面墙上。

母亲有一本书，是关于乡村野草的，是本草纲目一类的简易版。母亲不识字，这本书也不知道从哪里要来的，书的里面夹满了大大小小的鞋样子。每次母亲要做鞋了，就从里面拿出来一个鞋样子，放在一张硬纸上，用剪刀剪好。

鞋样子做好了，再用打好的袼褙，一层层叠加着，最后用白布包了边缘。一切就绪，最磨工夫的时候到了，母亲一针又一针，把一个鞋底纳好。或许，一个长相颇俊的鞋底，一定经

过无数次夜晚的煎熬。

母亲做的鞋，也随着季节而变化，春夏的单鞋，冬天的棉鞋，一家的幸福，都藏在细节里。我们欢喜的乡村，注定离不开一个女人的把持，没有女人在乡村掌控着烟火，一个家庭时刻都会出现窘迫。

我家从不会为鞋而发愁，这得益于母亲的勤劳。

布鞋唯一的缺点就是见不得水。寒冬腊月，冰天雪地时，一个人穿着母亲的棉鞋，暖和了一个冬天，可是一场大雪的到来，让一个人充满了恐惧。大雪化了之后，地上全是积水，棉鞋被浸湿了，脚冻得疼痛难忍，特别是坐在教室里，老师在讲台上讲课，一个人坐在那里不停地跺脚。

一个上午，都在暖被雪水浸湿的棉鞋，那种痛苦，只有有着乡村经历的人才懂。

一个布鞋，一定会打开一段久远的时光。

那个时候，男女之间，多半是羞涩的、含蓄的，读刘庆邦的《布鞋》，那一瞬间，跟着一双布鞋就回到了我生活过的村庄。

那个时候，男女定了亲，女孩要给男方做一双鞋。一方面，是定亲礼物，让男女双方借送鞋的机会见面，加强一下感情。另一方面，让男方了解一下女方的针线活。

这个时候，女孩会让媒人偷偷要来男孩的鞋样子，整天门都不出了，一个人，坐在灯下，每一针都拉得那么用心。女孩的每一针，似乎都带着真情，乡村质朴的爱情，全在一双布鞋上。

　　一双鞋，见证了一个时代爱情的含蓄，在这个张嘴闭嘴喊着"我爱你"的时代，是注定理解不了那个时代的，日子波澜不惊，人的爱情却坚如磐石。爱情的美好始于一双布鞋。

旋转在童年里的陀螺

每一个乡下的孩子，心中都有一个陀螺的故事。

我记忆中的童年，与一个旋转的陀螺之间产生一种美妙，它的舞台那么大，天地之间，只要是平坦之处，皆可舞动。

小时候，为了拥有一个好看的陀螺，我花费了一个星期的时间。每天放学回家，我就拿出用父亲的锯子锯开的一根一指长的圆木，用一个小刀，开始一点一点削它，直到它的一侧，呈现出一个圆圆的尖，才觉得差不多了，再用父亲的刨子将陀螺刨花，让它如丝绸一般光滑，这些工作完成后，找一个钢珠嵌入它的尖上，一个陀螺就做好了。

木头好找，钢珠不好找，我们削好了陀螺，就等着村里响起一声吆喝声：谁家修理自行车？我们飞鸟一般出了大门，一毛钱，买几个钢珠，有了钢珠，陀螺就有了灵魂。

我知道，如果说陀螺犹如一篇文章，那么嵌入钢珠则是文章的点睛之笔。

打陀螺需要一把鞭子，在乡村，鞭子的原材料到处都是，苘麻、青麻、棉花的秸秆，皆可用，找到了它们，抽取秸秆里面的木骨，留下一层皮，就是一把上好的鞭子。

用鞭子缠住陀螺，一圈又一圈，直到觉得缠得差不多了，把陀螺按在地上，用力一扯鞭子，陀螺就转开了，看它摇摇晃晃，要倒的时候，就用鞭子大力抽打它。看它转动着，犹如一个人舞动的青春。

小时候，常觉得用鞭子缠陀螺费工夫，两个手，夹着陀螺一转，接着用鞭子抽打它，这样，陀螺就转动起来了。

一个人，欢喜雀跃的样子，是被陀螺记在心里的。

在中原，生并快乐着，一直是生活的真谛。

中原，大地丰茂，一切游戏都在大地上藏着，看你是否有发现它们的眼睛，譬如用狗尾巴草编制各种小动物，用棉桃当陀螺。

中原，是棉花的世界。

一到八月，地里的棉花就盛开了，一朵朵白棉，犹如一场

盛大的雪。

母亲，在地里摘棉花，我们在地头，摘下一个圆圆的棉桃，然后拔出来一株棉花稞，抽取棉骨，制好鞭子，一个人，开始玩起了陀螺。那个时候，父母在地里劳作，我们在地头比赛着谁的棉桃陀螺转的时间更久一些，大地记住了我们的样子。

到了冬天，才算是孩子玩陀螺最好的季节。

在我的意识里，童年比现在更冷，一条河，一入冬，就结冰了，等冰冻到了两指厚，就能去冰上溜冰、玩陀螺了。

在乡村，最平坦的路面也比不上冰面，在冰面上玩陀螺，它转动的时间更长。你看，小朋友们像个艺术家，抽打陀螺时，有轻有重，拿捏得恰到好处，一鞭子下去，陀螺就舞动起来，等到它摇摇欲坠的时候，再补上一鞭子，陀螺又转动了起来。

那个时候，我们每个人似乎都不怕冷，那么冷的天，我们的棉袄敞开着，一次又一次地打陀螺，身体里冒着热汗，头顶的蒸汽，若隐若现。

每次回老家，我都在堂屋那个玩具箱里看到童年玩过的玩具，一个陀螺，灰突突的，没了亮色，但是它上面的图案依然清晰。

那个图案，是我用了一个下午刻上去的，老师在课堂上讲课，我躲在课桌下，一笔一笔地画上去一个葫芦娃。

如今，那个刻陀螺的少年已然满嘴的胡须，可是，陀螺依然是旧模样。

一把油纸伞

乡村，是善于遗忘的。

一把遮蔽过雨水的油纸伞，在风雨过后，一定被人遗忘在一个无人关注的角落。晴天，没人想起晒一晒它，更没人注意检查一下它，直到一场大雨落下来，才着急忙慌地去找它。有些人，却找不到它了，上次随手一扔，也不知道扔到哪里去了。需要它的时候，人才急了，那个人着急忙慌的样子，被一把油纸伞记住了。

故乡，是油纸伞的故乡。

我说这句话，不是说故乡盛产油纸伞，是到了雨天，村庄街道里奔跑的，是一把把油纸伞。

其实，故乡的油纸伞类型单一。

故乡，人穷，图案俊俏的那种，价格高一些，人宁愿选择那种黄通通的油纸伞。

我家就是这样的油纸伞，它比较重，一个人拿着它有些吃力，可是打开它，它遮蔽的空间比较大，有现在雨伞的三四把那么大。

在油纸伞尚未出现时，村庄到处是蓑衣。

有时候，家里只有一件蓑衣，不够穿，许多人，就把化肥袋子一折，顶在头上就跑出去了，直到油纸伞的出现，故乡才不狼狈，在雨中，也走得那么安稳，犹如闲庭信步。

上小学时，一碰到阴雨天，我和姐姐就共同举着一把油纸伞上学去，它太大了，一个人不好控制，于是便两个人合力举着它。

到了学校，这把油纸伞合不上了，它太重了。于是找几个人来帮忙，几个人，用力向下推着伞面，另一个人，把伞中间那个突起的开关一按，伞就合起来了。

一把油纸伞，见证了一群儿童的智慧。

也会遇见那种特别难开难合的油纸伞，这个时候，老师就成了唯一的可求救人。老师除了教书，更负责雨天打开伞，看着孩子一个个走后，老师才走出学校。

油纸伞的背后，是乡村教育的温暖。一个老师，不那么呆板，老师和学生之间，发生诸多温暖的故事。特别是雨天，一个人忘了带油纸伞，就和老师共撑一把伞，老师将学生送回家，和家长聊上几句，才回家去。

家乡的油纸伞，伞的骨架大，厚实，所以比较结实，一般情况下，不惧大雨。但遇见大风，就可怕了，它面积大，一个人根本掌控不了它，难以想象一个人是如何一路上与它搏斗的。

我喜欢在雨中观看一把油纸伞，看雨水从它的上面滚落下来，说实话，我好奇于它的伞面与雨水的分离。伞面有一层纸，上面涂了一层桐油，雨与油纸似乎天生不容。每次打着一把油纸伞，总觉得世界可爱极了，风雨中的美丽，通过它才能知晓。

油纸伞的故事，在乡村里流传着。

有时候，一把油纸伞坏了，这个家庭，似乎雨天就出不了门了。

一场大雨过后，必定有修伞的人，吆喝着从乡村走过，需要维修的伞，被一个手艺人修补着，看它完好如初才知晓中国匠人的伟大。

直到上了高中，我读戴望舒的《雨巷》，一条青石板的巷子，一个女孩，一把油纸伞，场景那么唯美，可是我知道，这把油纸伞一定不是故乡的那种油纸伞，如果是那种，估计这个女孩为了拿稳它，会冒出一脑门子汗。

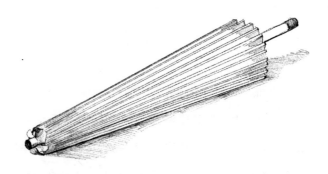

我所在的北方，注定缺少油纸伞的轻巧、诗意，北方的油纸伞，大开大合，带着一种阳刚之气，或许，南方的柔美，是需要去看一看的，我多想去一趟江南，去爱上一把油纸伞。

苦难的瓦刀

乡村，瓦刀锃亮。

在乡下，盖房子是个大事情，谁家儿子结婚都需要盖几间房子，修一座院子。

中原人多，乡下人孩子多，这一座又一座的房子，犹如雨后春笋一般。

有房子，自然少不了盖房子的人。

乡村，瓦工是个走俏的活，谁家的孩子会做瓦工，相亲时，也会加分不少。手艺人，无论到什么时候都有一碗饭吃。

瓦工，只需要一把瓦刀，就能行走江湖了。

瓦工，讲究师承关系，一个技术高的人，在村里拥有很高的地位，一个村的人，几乎都出自他门下。与人相见，问一下跟谁学的手艺，当别人知道师傅是谁时，似乎就知道技术如何了！有一个技术高的师傅，就有了一张行走江湖的名片。

有时候，熟人之间拉话，拉起一个瓦匠的去世，顿时长叹一声，似乎乡村少了他，像缺了一些什么似的。

过年时，技术高超的瓦工，就坐在太师椅上，下面跪了一排徒弟，人生最风光的时候，就是此刻。半个乡村的人，都跪在他的面前，人这一辈子，不就是图个受人尊敬吗？

过完年，徒弟们都走了。

一个个人，顺着铁轨散入不同的城市，他们像一条条鱼游进不同城市的海洋。

看着他们有出息的样子，瓦工师傅脸上露出微笑，他替他们高兴啊！他这一辈子，没有出过村庄，一辈子，就在中原上盖房子，这里一座又一座房子，都出自他的手。

可是，他没见过大山，没见过大海，他觉得这一辈子就这么虚度了。年末，听着徒弟们说外面的精彩故事，他觉得这一辈子活成了井底之蛙！说实话，他被一个时代按在一片土地上，如果再年轻几十岁，就可以和徒弟们一起走南闯北，见识一下祖国的大好河山了。

在镜子里，他看见自己的白发，感觉老了，再也拿不动瓦刀了，那个跟随他一生的瓦刀，再也不能陪他行走江湖了。

他的那些徒弟，变成了一把把瓦刀，他们堆砌着城市的楼房，扩展着一个城市的版图。

有瓦刀的地方，就有江湖。

许多带瓦刀的人，总是在城市里遇见另一拨带瓦刀的人，他们之间彼此不服气，在一堵墙面前，展开了竞赛。

两个人，一人一面墙，从晨曦的光开始，到黄昏的光盖着他们的脸，除了中间吃口饭，他们被钉在这一面墙上，最后看谁垒得快，看谁砌得好，在竞赛中，一些人赢得了脸面。

瓦刀的江湖，都是通过汗水挣来的。

没有一把瓦刀可以逃脱生活的鄙视，在瓦刀中，可以窥见一些人的本性。

有些人，性子急，干活毛毛糙糙，注定挑不起大梁，有些人干活稳重，不急不慢，却讲究细节，这样的瓦工，守着一个房子的质量。

叔叔是个瓦工，他整天与砖打交道。

敲砖，是个技术活。

瓦匠盖房子，垒墙到了边，一块砖放不下了，需要将砖敲去一些，这个时候，很考验一个人的目力和手上的技术，看准，一瓦刀下去，砖的一部分应刀而落。

砖在瓦匠师傅的手里运用自如。

在他们眼里，砖不是砖，不是静物，是一个艺术品，砖又是砖，他们堆砌起的一面墙，犹如时代的一面镜子，记录着时代的样式和风格。

老物件里的旧时光

一把瓦刀仍在，可是一些人却消逝在时间里。每次面对着一把瓦刀，我都想起一些关于瓦刀的往事。

那年，三叔为了揽活，包工头对三叔与另一个瓦工说，你俩比赛一下，谁砌得快我就用谁。那一天，三叔与一把瓦刀融合在一起。

一个人，赢了；一个人，躺在床上，动弹不得。那两把瓦刀估计也累了。

灯笼与春联

翻阅中国文字，年所指的意味，是虚的，也是实的。

年，当然是春光明媚更好一些，出门采货，年后串门，都适合被阳光引领，可如果翻开书籍，诸多关于年的意味似乎都与雪有关，从古到今，满纸的大雪纷飞。

似乎唯有雪，才不辜负年的文化与诗学因子。我钟爱着的年，一定不是野草疯长，一定不是麦苗在阳光中静坐，而是大雪封了门，屋檐上覆盖着一层雪，厚厚的。

人，坐在屋檐下，看着大雪飘落。日闲，家里的炊烟便可直达高处。烟与白雪，瓦与白雪，一灰一白，把年涂抹成中国写意画。

每一个人，心里都藏着一个理想中的年。

我欢喜的年，当如是：大雪封门，红灯笼照亮回家的路，春联传递着欢欣，大雪之于年，是一种基调；灯笼之于年，是点睛之笔；春联之于年，是一种铺垫。

一个人，退回门扉，忘记人世的一切欢喜与悲凉。世界安静于一场大雪，身与心，都被一场大雪裹在里面，世界安静，

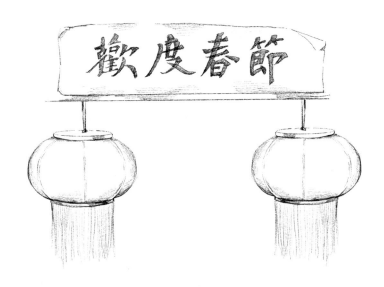

我心也安静；我心安静，世界也就安静了。

大雪引领着世间的人事，大雪急迫，归家的小径上顶风冒雪的人亦是急迫的。

我常常是那个拖沓的人，总落在人群的后面，别人抖掉大雪，已经开始红泥小火炉的生活：饮酒，饮茶，饮月光，饮人情世故，饮下人世间的一切，我才走在归家的路上，乡愁复苏的声音在我心底呼喊着："回来了，亲人！"

这不足以沸腾一个人内心安静的湖面，只有看到门扉前的红灯笼，才彻底失陷于内心的河山，一个人关于故乡的愧疚，一下子被点燃。

灯笼的点睛之笔，在于唤醒，在于打开一个人关于年的意念，一种美好的文字，一定要这样写：大雪为年注入一种婉约的情绪，直面的话语，不适合说出，让各种想说的话都隐藏在一场雪里，从抖落雪花的那一刻，一切都安好如初，平静的目光滑过各种面孔，让所有关于故乡准备了一年的文字，此刻都哑口无言。红灯笼，挂在门前，通红的光，让一个人顺从中国唯一的归乡意象，世界都退居之后，让一纸红带领一场雪，等待着一个人的归来。

　　辽阔的白雪里，一定有一盏灯等待我，为一年远游的风尘，为一场美好的遇见，为一个落叶归根的祖训。门前陈旧的春联，把一年的光阴都磨灭了，我必须站在桌前，用一种墨香模拟一种现实的光泽。春联贴在门框上，一种远古流淌着的文化之源，在这一刻突然开窍，让一个人关于故乡新年所有的文学色彩，都皈依于一个途径：大雪、红灯笼与春联。

　　贴春联的人，在铺垫着关于年所有的心境，遮住的门框，犹如我满面尘灰的过往，一个可有可无的人，卑微如一粒尘埃，需要一顶红火的王冠来加冕，春联为我写好新年的奏章，先写出一年五谷的气息，再写出一世清明。

　　我喜欢春联，喜欢那让乡村脱胎换骨的一刻，此时，乡村才像理想中的样子，世外桃源也不过如此，一院子的安静，门扉前的柴垛代表着温饱的生活，书架上的纸张滋养着一个人的灵魂，物我皆忘的意境，在乡村一直都在，又一直不在。

我无法超越五谷，却又一直在大雪中摆渡。

一个人，时常站在年的门槛处张望，到底张望什么？不知道，是亲戚之间串联起来的亲情之待，抑或是一场烟酒的盛宴，或许都不是，我张望的是一种关于年的抽象民间志，在等待中归来，在归来中厌倦，在厌倦中出走，如是循环，生生不息。

大雪覆盖新年的叙事，覆盖中国虚实的格调，红灯笼照亮一个人影，照亮中国新年的小径，春联缠绕中国意象，为中国人心灵最好的安放。

一缕炊烟

烟囱，是乡村里一根如椽的笔。它每天都在书写着人间烟火，从不停歇，让诗意盎然里的乡土中国以一种司空见惯的方式出现在村庄里。

在农村，家家户户的屋顶上都立着一根烟囱。远远望去，就像一面旗子，黑乎乎的。又像一个蓬头垢面的人，站在高处，俯视着乡村。在中国大地上，烟囱，与人的生活关联密切，一日三餐，都能按时冒出炊烟，让乡村最好的文字，写在晴天，写在雨天，写在雪天。

烟囱，从垒好的那一刻，就注定了它孤独的命运。一个院子，荒芜着，它依然在，砖头散了，它还是旧模样。

童年的回忆里，居住的乡村，那么富有生机，鸡鸣狗吠，组合成一个盛大的乡村版图。那个时候，虽不富裕，但很幸福。

烟囱，知晓每一户人家的滋味。它把控着每一个细节，看炊烟袅袅，在一个村庄的上空竞赛，有些炊烟离开烟囱就散了，有些直入高空，或许，这是因为烧火用的木材的脾气不一，烟囱知晓乡村草木的脾气。

每次过年，父母都要掏烟囱。

里面，积攒了一年的烟尘，烟道堵了，父母清理烟道，顺便把一年的光阴也清理掉。

一个少年，一个烟囱，是我最简单的回忆。

那个时候，我喜欢在窗前发呆，看烟囱在村庄上空，书写着属于乡村的春秋大义。

一个人，看炊烟袅袅，看它们在天空中画出不同的图案。一会儿如云，一会儿如雪，一会儿如曲折的远山。

每一个从故乡走出去的人，心里一定有这种情节：风箱在响，烟囱在抒情。

我喜欢看乡村抒情的炊烟，没有炊烟，乡村少了诗意；没有炊烟，中国少了田园。

如今，村庄愈发明净，炊烟却不见了。

我们都是失去炊烟的人。一个人，在荒芜的庭院里，发现一个烟囱，为了留住乡愁，他等着月亮升起，熬了半夜，拍下月亮与烟囱，或许，这是一种美学上的抓拍，更是最为本色出演的庭院故事。

一个人，看见每一户人家都有烟囱矗立高处，定然知晓这个村庄的古朴。

在乡村大地，找一缕炊烟也成了奢侈的事情。或许，只有年前蒸馒头，那些荒芜了一年的灶台，才得以拉开帷幕，木柴与灶台，一起完成关于年的味道。

之后，炊烟又消失了。

或许，炊烟的消失，让"乡土"两个字，变了模样。

每一个拥有乡愁的人，都会打开关于炊烟的记忆，让它从村庄的一头，抵达村庄的另一头，炊烟袅袅，把守着家园。

烟囱，犹如陈旧的甲骨。

它的上面落满了风声雨声耕读声，时代的变迁，让它变得英雄气短，它无法像那些年一样，在村庄里指点江山。

故乡，已经不是炊烟袅袅的故乡。

或许，在行走的路上，依稀可以看见乡村古老的模样，炊烟袅袅里，有更多属于烟囱的故事，在中国的源头，定然有一句古诗：依依墟里烟，这，是中国不可或缺的一种模样。

那一代人的烟酒生活

那个年代的乡下人，生活方式单一。

大地是他们一辈子都跳不出的舞台，一个人，从出生到死亡，无时无刻不与大地发生关联。在大地上，他们种下种子，收获果实，看那些茁壮成长的庄稼，他们的眼睛眯成一条线，脸上洋溢着无限的幸福，或许，他们注定把这一生都交给大地与村庄了。

他们的生活路线，无非是从庄稼地到家里，一辈子，在二者之间行走着。

如果说，大地恩赐他们粮食，那么，糊口之外，这些大字不识的乡下人，也是需要精神光亮的，他们会在雨天躲在门洞里，下象棋，打扑克牌。他们玩他们的，我欢喜我的，我喜欢看扑克牌上面的画，如《水浒传》《西游记》《红楼梦》里的人物。

乡下人，一生浮在时代与命运的河流上。关于乡村最真实的境遇，一个是热火朝天的劳动，另一个就是乡下人的娱乐生活。说到乡下人的娱乐，不能不提他们的烟酒生活。

从我记事起，父亲就践行着乡村的烟酒生活，一群男人，坐在一起，一根接一根抽烟，烟快熄灭了，马上就有另一支燃烧了起来。

那时候，乡下生活贫瘠，他们抽的烟自然也不会太好。我喜欢收集花花绿绿的烟盒，童年的我，还不认识字，也不知道烟是什么牌子，从我认识字开始，我记住了一个个烟的名字，如武林、拂手、芒果。

一种烟，一个口味，烈与柔，那是烟里长出来的脾气，别人不知道，只有抽烟的人才知道。习惯了一种烟，再抽别的烟似乎不合胃口了。

烟的世界，也是一个江湖。

有些烟，突然就停产了，一个人，不得不换另一种烟，他一切的适应，在一瞬间被切断了，这个人，无比痛苦。有人说，那种适应是为那个廉价的香烟，也可能是为一种培养出来的口味。

父亲这一生，抽的香烟甚多，从武林，到牡丹，再到散花，最后终结于红旗渠。

他这一生，其实就是香烟的一生，香烟爱上火柴，父亲爱上了烟酒生活。

有烟的生活，不算真的江湖。

烟配上酒，才算把一个人的精神世界敞开了，一个人，用烟去灼烧寂寞，用酒去释放孤独。在乡村，每一个关于餐桌的细节，都带着酒香，这是我多年之后才知晓的。

那个时候，我恨父亲，恨他常常把自己扔在酒桌上，一个人吃喝，不管母亲和我们。

他们在酒桌上放荡不羁，敞开心扉谈理想，谈爱情，谈大地上的一切。

他们划拳的声音，从酒桌上跑出来落在村庄里，整个村庄的人都知道了。

夜晚那么安静，他们却那么闹腾，把整个村庄都吵得睡不着了。

多年之后，我也当了父亲，上有老下有小，感觉世界都压在我一个人的身上，深夜睡不着的时候，才是一个人最孤独与清醒的时候。

我感觉我的世界快坍塌了，父亲那一代人的苦，我才算彻底懂了。生活太累，人生太短，一个人，活在这个世界上，整天与苦难对峙着，与苦难抗争着。

或许，烟酒才能解放他们。

烟，虽然是短短的一支，可是那一刻，所有的压力都释放了，所有的苦难在一支烟里燃烧着了。一杯酒，让一个人坐在生活里，他成了村庄的主角，成了世界的中心。

这些沉默寡言的汉子，一辈子都不爱说话，用乡下人的话说，一脚踢不出来一个屁。可是，在烟雾缭绕中，他们感觉到了人生的幸福，在推杯换盏中，他们体味着兴奋与刺激，一个人，在酒的面前，话那么多，似乎把一生憋在心里的话都要说出来。

那一代人，理想简单，村庄就是他们的一切，一辈子都没走出过村庄，他们唯一的希望，就是醒来有一支廉价的烟抽，吃饭时，有一杯家酿的浊酒等着自己，让枯燥无味的日子尽量过得有意思一些。

年画记忆

童年里的春节，大抵是离不开年画的。

每一个人，都会被年画揭开一段尘封已久的回忆。那个时候，到了年关，年画摊前，人潮如海，地上堆满了各种各样的年画，形形色色，应有尽有，晃晕了眼睛。

说起年画，文化里所铭记的是杨柳青，是桃花坞，可是民间志里的年画，比它们更接地气，更带着时代的气息，譬如《学画画》《过新年》《劳动模范去北京》。

乡村的土墙上太空旷了，需要几幅年画遮住脱落的墙面，遮盖住贫穷。

小时候，无论到哪一户人家玩，记住的永远是墙上的年画，大人在聊天，我在看年画。

一个人，从年画里认识了白娘子，《盗仙草》里的人物神形兼备，爱情的力量，让我震撼。

《牛郎织女》里的那头老黄牛，让人间与神话串联起来，我欢喜于牛郎织女的故事，对一头牛着迷，神话里的那头牛，似乎就是我家牛槽里拴着的那头，可是我抬头看它，它正低下

头安静地吃草。

《八仙过海》，飞渡浮舟，于一片大海上掠过，那个大葫芦，让我觉得这一辈子都无法改变对于葫芦的好感，从葫芦到水瓢，似乎都沾染了神话的影子。

乡下人，喜欢年画。过年了，年货无论丰富与否，都会买几张年画带回家，把陈年的画剥去，贴上新的，看着新鲜的年画，似乎换了一种心情。

年画换了，家还是那个家，却感觉温馨多了。人是一个感性动物，在年画中获得愉悦与温暖。

在我的乡村，年画与家里成员有关。

有些人家孩子多，那些神话故事与武侠类的年画就会多一些，我无数次在邻居家的年画中感到一种亢奋，他家的年画像连环画一样，上面是图画，下面是故事情节介绍，《南拳王》《十八般兵器》的年画，铺满了他家的一面墙。

一些年轻人，就在家里贴一些时尚女人，年画中的女人，先是质朴无华，后变成浓妆艳抹，他们与生活中女人的装扮对应起来，画里的女人，也经历着时代的变化。

那些上了年纪的人，往往喜欢买一些戏剧题材的年画，譬如《打金枝》《抬花轿》，年画里的故事，让年老的人感动着。

在新年新气象中，我们穿着新衣与年画一起，组合成乡村最美好的图画。

乡下人的愿望那么简单，过了一辈子，人心也不藏拙，家里娶了新人，想要男孩了，就买一幅杨柳青的年画，娃娃抱鲤鱼那种，头上扎一个小辫子；想要女孩了，就买头上扎髻戴花的那种贴在墙上，似乎就有了生女孩的希望。

他们在年画中，一直体味着属于他们的乐趣，一个人，不可能没有理想，年画中的生活，其实也是我们生活的一部分，我们借年画去表达自己所向往的生活。

少年崇尚强者，偏爱武侠；青年希望爱情，钟爱神话；中年希冀安稳，热衷于生活；老年向往闲适，醉心于戏剧。

随着父母那一代人老去，再也没有人热衷于年画了，再也没有人踏着夜色步行几里，去镇上买几幅年画回家，趁着天未黑透，着急忙慌地贴在墙上。

那些故事，还带着新鲜的气息，那些花花绿绿的年画，也曾填充过我们童年的快乐。

露天电影院

睡到半夜，我居然咯咯地笑了起来。

一个人，能在半夜笑醒，一定是梦里遇见好事了，或许是傍晚的乡村放了电影，梦里，又看了一遍。电影，具有如此魔力，让一个乡村少年的夜晚那么快乐。

那些年，露天电影曾沸腾过我们的夜晚，还没吃完饭，大队院里的喇叭就吆喝开了："村头的打麦场，今天放映电影。"

听完，饭也不吃了，就把碗一放，飞一样跑出庭院。谁也无法否认，电影是村庄最好的娱乐方式。

光景过得好的人家，遇见老人过寿，遇见孩子满月，多半去镇里请镇上的电影放映员过来，放一场电影，以示祝贺。

电影未开始之前，放映机的灯光，照亮了整个麦场，电影幕布被两棵树拉扯着，像个乖顺的孩子，站在中间。

乡村的小路上，一个接一个的人影，拿着凳子，鱼贯而来。电影还没开始，他们已经坐好了，盼望着，盼望着，只看见一束光打在幕布上，电影开始了。

许多人，目不转睛地看着电影，也有一些人，以看电影为由头来这里看热闹，他们在人群里转来转去，看见漂亮的姑娘，就待在人家身边，碰碰人家，挤眉弄眼的，姑娘吓得不敢吭声，一会儿，另一伙人也来了，两伙人为了一个姑娘大打出手，这是乡村电影引出来的故事。

多年之后，那个姑娘或许嫁给了他们中的一个，可是那个夜晚住进了她的心里。

我是一个孤僻的人，不喜欢热闹，许多人看电影，总在正面看，可是我喜欢在电影幕布的反面看，人少，没有人头挡住眼睛。

你看，看电影的人，为了看得更清楚一些，有的坐在人家的院墙上，有的爬上树坐在树杈上，有的爬上麦秸垛坐在垛顶上。

一个电影片结束，中间会停上一会儿，许多人去上厕所，男人找一个角落，趁着夜色就地解决；女人钻进地头的玉米地，借着玉米秆的遮挡。

中间休息时，有一些商贩就来了，吆喝着：谁要瓜子花生，谁要"唐僧肉"，看电影的人，看着电影，嗑着瓜子，惬意极了。

那个时代，播放的电影与主家的年龄有关，如果家里有老人，多半会播放豫剧《抬花轿》；如果家里孩子多，会播放武打片与战争片，譬如《少林寺》《铜头铁罗汉》《烈火金刚》《地雷战》《地道战》《铁道游击队》。

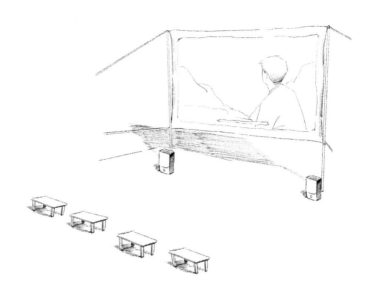

　　我的童年时代，只要周围村庄播放电影，村里的青年就会三三两两地去看，我跟随着他们，直看到电影散场才返回村庄。

　　在回家的路上，我们讨论着电影情节。如果有月光的晚上，月光会照明一条路；如果是漆黑的夜晚，经过村头的那一片孤坟时，内心深处害怕极了，几个小伙伴会手牵着手，提前商定好谁也不准跑，可是不知是谁突然就跑开了，你再看，这些孩子，个个撒丫子都在跑，似离弦的箭一样，一口气跑进村里。

　　这些故事，会装进一个人的记忆里。

　　最难忘的是，有一次去邻村看露天电影，电影播放的是

《世上只有妈妈好》，还没开始，一个男人就喊起来："把手绢都准备好，别哭成泪人啊！"

或许，这电影太揪人心了，像一把钩子不停地刺挠着你，心里不由自主地泛起涟漪，眼睛溢出来的，是泪水，那些上了年龄的老人，呜呜地哭了起来，安静的电影放映场再也不安静了。

这场电影，一直记在我的心里。

多年之后，在大城市看过诸多电影，可是再也看不出乡村露天电影的那种感觉来。

那封闭的空间，压抑着自己，而乡村露天电影，以天为幕，以地为席，我们都是天地之间一株株移动的麦子。

少年的尿壶

每一个夜晚，都有几个尿床的孩子。

早上，庭院里，一根绳子，一床褥子，上面尿满了各种图案，看着像云，又看着像山，大好河山就印在这一床棉花做的褥子上。

娘骂了多次，可是每次睡下，都死猪一样，再也不想动了，直到梦里感觉要尿了，便找一个地方就地解决，在梦里，还感觉到了尿后的舒坦，突然觉得身下怎么这么冰，用手一摸，湿了一片，又不敢说，就拼命往干燥的地方挤过去，就这样挨到天亮。

被母亲发现后，少不得一顿打。

打归打，骂归骂，趁着好天气，拿出去晒晒，尿味与阳光味混在一起。

说实话，母亲每天晚上必做的功课，就是把家里的尿壶拿到屋子里，放在老地方。睡到半夜，憋不住尿了，就从床上爬起来，眼睛也不睁，凭借着记忆，径直走五步就到了，伸出脚，碰碰尿壶，然后开闸放水。

这是挨打后的自觉，一个人，睡在床上，但是一旦被尿憋醒，便想起尿壶的好来。

有时候，母亲太累了，就忘了拿尿壶进来，夜黑风高，树站在院子里，我们本想推开门去厕所解决，可是看见树的魅影，又慌忙把门关上了，这时候，便大声把父母叫醒。

要是赶上电闪雷鸣的夜晚，忽然一道光，把整个院子照亮，生怕院子里站着一个人，吓得我用被子蒙着头，不敢看窗户。

经历过这种生活，也让一个人勤快起来，天黑下来，我总是积极地把尿壶拿进来，放在一角，似乎做了这件事情，才能安心睡觉。

说实话，这样的情景，或许与大多数孩子的童年有关，长大了，会拼命掩盖这一段不堪的历史，那一个尿壶，看见一个人少年的样子。

尿壶，不同的地方，样子是不一样的。

有些地方的尿壶类似痰盂那种，中间是个大肚子，也有一些贫穷的人，买不起尿壶，就用一个破旧的即将淘汰的瓷盆充当。

乡下人，节约到了骨子里。破物再利用，善莫大焉，尿壶也带着乡村的意识。

家里倒尿的人，总是父亲，每天早晨，父亲就把尿倒在茅厕里，然后用洗脸水把尿壶冲洗干净，放在厕所一角。

乡下人，习惯了尿壶的俗气。

只有村里的那些识文断字的人，文绉绉地叫它们夜壶，只点名使用的时间，把功用省略。

乡下人，毫不羞涩地叫它尿壶，将它的功用直接点出来，这符合乡下人直爽的脾气，不遮蔽，让所有的事情都尽量简单一些。

历史让夜壶退场。

如今，家里都安装了马桶，夜壶再也无人提及了。可是，一些器皿虽然退场，但是某一天，在某一个地方看见它，那些与它有关的日子，忽然就被它打开了。

记得那年春节，我和小伙伴放二踢脚，故意将炮往人家的尿壶里扔，只听见嘭的一声，一个尿壶被炸成几瓣。

我们被女主人追着打，一直追到母亲面前，直到母亲将我家新买的一个瓷盆赔给她，她才露出微笑。

或许，这是记忆里最为悲痛的往事了，一个人，一个尿壶，一段阴影。

热闹的集市

一个人的集市，隐藏着很多过往，正如周国平在《时光村落里的往事》中所说：人分两种，一种人有往事，另一种人没有往事。有往事的人爱生命，对时光流逝无比痛惜，因而怀着一种特别的爱意，把自己所经历的一切珍藏在心灵的谷仓里。或者换句话说，人怎样才能获得一个安静的灵魂，只有通过往事。

一个人，顺着回忆的柴门切入，像溺水的孩子，呼吸也变得艰难起来。在异乡，一个人，总会在某一个恍惚的瞬间，情不自禁地想起家乡的集市。

家乡，唯有集市热闹，其他地方都被一片安静罩住。一个人，走在这一片热闹中，像掉入一口沸腾的锅里。你看，清瘦的集市此刻丰腴了，物品、人影、叫卖声，将集市填得满满的，只能容下一场误入的风。

一个人的集市，坐落在街道上，它仿佛是一面陈旧的镜子，总能照出丢失的童年。那时候，一个人，在集市里走走停停，将所有奢侈的风物拉进眼睛，然后什么都不带走。

集市，安居乡村一隅，抬头就能看见漫天的蓝、游走的白云。一阵风飘过，刮来远处庄稼的气息。

集市的街道上，占满了修鞋的、剃头的、补锅的人。修鞋的用枯裂的手缝补了生活的贫穷；剃头的是我村的，人称"马二牛"，这戏谑的称谓源自豫剧《马二牛剃头》，此后乡村再也不知道他的真名字，留下一个响彻周边村庄的戏谑绰号；补锅的也是我村的，他将破旧的锅重新捏合，然后冒出生活的热气。

集市的一角，是我最向往的世界，那里是牛羊的集散地，乡村肥硕的牛羊安然卧于此处。我常常在牛的眼睛里读出对异类的信任，它们自觉地将自己交给一把铁环，一条缰绳。羊，是弱小的，常常用自己的肉身换来生活的柴米油盐，主人当然念着它们的好，不舍得在它们日暮的尾巴上举起屠刀，但是他们却将拴着绳子的一头交给陌生人。其实，交给谁，都难免被宰割，主人明白，牛羊也明白。

在集市上，人们忙于同一些卖东西的人讨价还价，他们将手藏在衣袖内推来推出，然后拍板敲定牛羊的价格，丰硕的牛羊经受不住几根枯瘦的指头推敲，尘世间的指头太势利了。

集市，在世人匆匆的脚步里多了些和谐，譬如热腾腾的毛蛋、黄黄的豌豆馅、晶莹透白的面鱼儿，都沾满了故乡味。人总是用植物或者是动物的名义命名于食物，可见人的灵魂深处藏有动植物的图腾。

豫东平原的男人们，总是飞也似的散入集市，而我像一个安静的人，独自走向那片植物的海洋：大葱、白菜、萝卜。我亲近植物成为一个不能掩饰的秘密。

　　我没有信仰，也没有可信仰的东西。可是在这里，我觉得人应该有信仰，这信仰不是一种外在的仪式，而应该是一种和生命契合在一起的自然风物，譬如这集市上的植物、动物。

　　一个人，转着转着，就将日子推向黄昏。落日，成为天空中最自然的存在。我说不出它的好，也说不出它的不好，也许，习惯了多年存在的落日，便不能容忍风雨围住集市。如果一场雨来临，人们便四处逃散，顿时热闹散去，只剩下我一个人守着这空旷的土地。

　　散去的集市，会被暮色覆盖，父亲拉着架子车往家赶，上面堆满村人购买的物品，我站在架子车上，看父亲弓腰的背影，

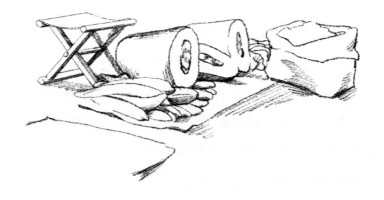

像一只被生活拉弯的弓。一路上，看灯光一点点多了起来，到了村庄，整条巷子，几乎透出大片的亮色。

记得当年，父亲赶集，母亲总是在家里点燃一盏温暖的油灯，等他归来。我站在岁月给我遗留的黑暗里，咀嚼着 20 世纪 80 年代的淳朴的爱情模式：男人外出，女人眺望。守着一盏灯，便守住了爱情。也许对于一盏灯的爱情，会被现代人所鄙视，但是，他们比此刻在城市里蜗居的爱情更耐得住时间的考验。世上，还有什么东西能抵过一个温暖的家？都市里的男女，一个个自由得有些任性，他们的婚姻早就摆脱了媒妁之言的束缚，命运也似乎掌握在自己手中，但一个个在婚姻的围城里败下阵来，他们的脸上哪有父辈们那迷人的微笑呢？

有人说，乡村的集市是农耕文明的活化石，如今的乡村看不见牛耕的痕迹，空留下农耕文化的空架子，只能用乡村的集市来寄存乡愁。

一个人的集市，属于你，也属于我。这个人，其实是一种泛指，指向那些断了归路的异乡人。

多年过去了，我还是想到那集市上去，想一个人到集市去默坐，去呆想，去摒除身边一切诱惑、迷茫，去窥看自己内心里隐藏的回忆。

三十多年了，这集市依旧保留着它原始的模样，只是这来来往往的人走了一些，又来了一些。三十多年来，这集市孤独地守着豫东的贫寒与温饱，岁月虽然雕琢了它的一些风骨，但仍有一些东西是任谁也改变不了的，譬如这人间的烟火。

　　一个人的集市，不刻意保持浪漫，让它以最真实的素颜出现，穿着花花绿绿的女人，光着膀子的男人，叼着烟袋的老人，都在往事的集市里复活，隔着岁月的尘埃，人生虽简单若此，却又丰盛无比。